高志の国文学館　企画展

久泉迪雄の書斎から

——”悠かなり　富山の文化“

久泉迪雄 書「悠《はるか》」

会　期　令和三年二月六日（土）―三月二十七日（土）
会　場　高志の国文学館
主　催　高志の国文学館
共　催　北日本新聞社、富山テレビ放送
特別協力　久泉迪雄
協　力　一般社団法人富山県芸術文化協会、学校法人富山国際職藝学園、高岡市美術館、富山県歌人連盟、富山県美術館

ごあいさつ

久泉迪雄の書斎から ―"悠かなり 富山の文化"

歌人であり、富山の文化そのものである人――久泉迪雄。
画家の両親のもとに生まれ、金沢工業専門学校（現・金沢大学工学部）卒業後、技術者を経て、数学・工学、国語、時には英語の教員を務め、富山県立近代美術館（現・富山県美術館）副館長、高岡市美術館館長を歴任し、職藝学院の創設に関わって副学院長を務めました。一方で、富山県芸術文化協会、富山県歌人連盟をはじめ、数多くの文化団体の運営を支え続けてきました。

幅広い関心と専門領域、類いまれな行動力、誠実な人柄と人間的な魅力。なにより富山の自然と風土、文化を愛する歌人として、大伴家持の歌のこころを引き継ぎ、万葉集の故地に豊穣な文化が花開くことを願い、精力的に活躍しています。

本書は、企画展「久泉迪雄の書斎から ―"悠かなり 富山の文化"」の解説図録として、また、久泉迪雄の仕事を紹介するガイドブックとなるよう構成しました。久泉迪雄インタビューと、その活動の折々に出会った方々からのご寄稿を得て、出会いを通じて豊かに広がる多彩な仕事を紹介します。

第一章では、高岡市美術館、富山県美術館所蔵の、思い出深い富山ゆかりの作家による作品を、久泉迪雄の言葉とともに紹介します。第二章では、書斎に大切に保存されてきた書画や書簡を、その出会いの物語とともに紹介します。第三章では、多彩な仕事に関わってきた足跡を、自身の短歌や文章とともにたどる年譜として構成しました。

久泉迪雄の仕事は、数学・工学、美術、短歌の各領域に立脚して、相互に連関しながら領域を超えて多岐にわたり、総体として、戦後の富山の文化と歩みをともにしてきました。その仕事に通底するのは、人との出会いを大切にし、出会いがもたらす変化を受け入れ、自らの生きる富山の風土とそこに生きる自己を常に見つめ、美の本質を理性的に捉えるまなざしです。そして、その思想を表現し、記録する方法として、文筆活動があり、何よりも短歌が大きな役割を果たしています。

富山の教育と文化の発展に力を尽くしてきた久泉迪雄の歩みを通して、富山の文化の過去と現在を俯瞰し、その未来を展望する機会となりましたら幸いです。

令和三年二月

高志の国文学館

目次

凡　例

一、本書は、高志の国文学館企画展「久泉迪雄の書斎から―〝悠かなり 富山の文化〟―」（会期は令和三年（二〇二一）二月六日（土）から三月二十七日（土）まで）の解説図録である。

一、本書は、目次に名前を記した方々のご寄稿を得て、その他は、特に記載のない限り、小林加代子（当館主任・学芸員）が構成・執筆した。

一、本企画展の企画立案、展示構成及び本書の企画構成は、生田美秋（当館事業部長）が統括し、小林加代子が担当し、山田優子（当館学芸補助員）が補佐した。

一、本書は、独立した読みものとして親しみやすい内容となるよう構成したため、本書項目は、必ずしも企画展の展示構成と一致していない。

一、本書掲載の図版は、企画展会場における展示資料とは、必ずしも一致していない。

一、本文の表記は、原則として常用漢字、現代仮名遣いとした。引用文については、原則として原文通りの表記とした。また、一部、作品名が不明のものについて、便宜的に仮題を付し、（　）内に記した。

一、本書において転載・引用した短歌及び文章は、特に注記のない限り、すべて久泉迪雄の著作である。なお、出典名は、久泉迪雄歌集の一部について、便宜上次のように略記した。『遠近』＝『遠近の眺め』、『諷詠』＝『諷詠三百六十五日』、『季』＝『季をわたる』、『後集』＝『諷詠三百六十五日　後集』

一、本書の作成にあたり、主に次の文献、データベースを参照した。『久泉迪雄　著作・活動の記録―〈蒼穹〉から〈綺羅〉まで』（綺羅短歌の会）、『綺羅』第一号～第四十九号（綺羅短歌の会）、『藝文とやま』第一号～第四十八号（富山県芸術文化協会）、『富山県歌壇総覧　富山県歌人　第二十五号』（富山県歌人連盟）、『富山県歌壇総覧Ⅱ　富山県歌人　第五十六号』（富山県歌人連盟）、『富山大百科事典』（北日本新聞社）、『富山県文学事典』（桂書房）、『日本近代文学大事典』（日本近代文学館）、『文藝年鑑』（新潮社）、「北日本新聞データベース」（北日本新聞社）、「国立国会図書館典拠データ検索・提供サービス」（国会図書館）、「富山県立図書館郷土資料情報総合データベース」（富山県立図書館）、「日本の美術展覧会記録1945‐2005」（国立新美術館）、「日本歴史地名大系」（平凡社、ジャパンナレッジ）、「日本人名大辞典」（講談社、ジャパンナレッジ）、「文化遺産オンライン」（文化庁）

一、本書の編集には、桂書房、株式会社すがの印刷の協力を得た。

今回の企画展に際し、多くの方々や組織・団体のご協力を得ました。巻末に記し、感謝の意を表します。

※著作権等につきましては極力調査いたしましたが、お気づきの点がございましたらご連絡ください。

黙ふかく昨日のわれの坐し居むか
思惟に遠退く椅子一つあり
迪雄

――久泉迪雄歌集『塔映』より

久泉迪雄　自筆の短歌一首

人との出会いを大切に——富山の文化を支え続ける心

久泉迪雄

●科学随筆を愛読した少年時代

私は昭和二年（一九二七）に東京で生まれました。父は高岡出身で、若い時分から東京へ出て修業して絵描きになりました。戦争が激しくなって帰郷し、富山の文化人たちとつきあいがはじまりました。私は子ども時分から父について歩いた方らしく、訪問先でいろんな人にお会いして、例えば中川一政という文人肌の画家ですが、子どもながらに自然に文人墨客の世界に親しんでいたようです。

科学少年で、「子供の科学」という誠文堂新光社の科学雑誌が大好きでした。科学解説者の原田三夫をはじめ、いろんな科学者が出てくるわけですが、牧野富太郎という植物学者が大好きで、動植物の世界に親しみました。

戦争中は、いわゆる軍国少年でした。一番ショックだったのは、昭和十八年十月、学徒出陣です。映像はニュース映画で見たのだと思いますが、大変心を打たれました。後に、そのことを歌に詠みました。

軍帽のひさし目深に整然と過ぎてゆきたり還らざる列　（注一）

戦争が激しくなると、学生が戦争に駆り立てられる時代になっていきました。私たちも勤労動員で、工場とか、農繁期の農家へお手伝いに行きました。勉強しなければならない世代なのに勉強を捨てなければならない。精神的な空虚感、枯渇感はどうしてもあるのでしょう。それを満たすためには読書しかない。松村康民君という親友に兄貴が二人いて、蔵書家でたくさん本を持っていた。それを次から次と貸してくれたのです。知識欲に飢えておりましたから、勤労動員の最中、夜勤で電炉のそばで仮眠を一時間半ほど取るのですが、時間を惜しんで読

interview

書をしました。松村君の好みもあったけれど、やはり昔の読書のスタートは夏目漱石なのです。「吾輩は猫である」とか「草枕」とか「こころ」とか、漱石文学を耽読しました。

我に過ぎて青春の日日戦争の悲惨
のなかに友を得し日日 (注二)

友情に支えられて、戦時生活の中でも何か求めるものがあったということでしょうか。もう一つ、父がやはり読書家でした。二階にアトリエがあって、たくさん本を積んでいた。それを引っ張り出して読んだことも記憶に残っています。生活環境の中に、戦争があり、読書があった。その中でいろんな文学に出会って、知的な好奇心を刺激されて、夏目漱石、そして、漱石門下の文筆家である物理学者の寺田寅彦を知り、その科学随筆の世界に大変心を惹かれた。文学の世界に理学的な知識があり、理学的な知識の中に科学エッセイがあるという出会いが私の青春の読書世界だったわけです。だが、科学少年であったことは間違いない。物の理屈、自然の理法というのは人間の暮らしに大切だということと、子ども時代に牧野富太郎の植物図鑑をめくって見るのが楽しみだったこともあって、科学用語に抵抗がありませんでした。

私は金沢工業専門学校（現・金沢大学工学部）の機械科に学びました。物理の青山兵吉先生が、寺田寅彦門下でした。非常に厳しい先生だった。青山先生の物理実験となると、ピリピリするくらいに恐ろしかった。その先生がある日、私が実験でレポート用紙に数字を書いていたら、鉛筆をひゅっと取って、「歯車のアームの影の青葉かな」という俳句を書かれたのです。そして、「お前たちはエンジニアになるのだから、エンジニアというのは工場で働かにゃならん。工場生活というのは灰色だとよく言われるけど、そういう中でもふと窓の外を見たらきれいな植物が生えていた、ああ、美しいなと思う気持ちを忘れるなよ」と。恐ろしいと思っていた先生がそう声をかけてくれた。それが、ちょうど私の精神的な支えとなっていた読書世界と重なって、ああ、こういう世界もあるんだ、と。だから、私自身は、文科と理科とかいう意識があまりなかったのですね。

寺田寅彦は同時代人ではなかったわけですが、寺田寅彦の門下生に中谷宇吉郎という雪の博士がいることを知って、その随筆を愛読するようになりました。ある日思い立って、金沢工業専門学校の学生時代ですが、中谷宇吉郎さんに手紙を書いたのです。若気の至りでね。「あなたの科学随筆を愛している一学生です」と。ちょうどその時に中谷宇吉郎さんが、生まれ故郷の石川へ、札幌から帰ってこられたのです。北國新聞が、第四高等学校、今の石川四高記念館と石川近代文学館の建物ですが、そこで、中谷先生を囲む会を開催したので出席しました。「あの時手紙を書いた久泉でございます」と言って挨拶をしたら、中谷さんが、自分のエッセイ集を私に送ってくださった。あたたかい人で、若い見知らぬ学生にも手紙をくれたり、本を送ってくれたりする。中谷先生は青山先生と東大の同期でした。青山先生も物理学者でありながら天文学や科学エッセイと幅広く、歌も作って校友会雑誌に載せたりなさった。そういう雰囲気の中に、私の理系も文系もない生活が、読書生活中心かもしれませんが、育まれていったのです。

卒業後は、富山の不二越鋼材工業株式会社（現・株式会社不二越）に就職しました。長男で、ふるさとに帰らなければならないものですから。会社では、またありがたいことに、技師長に金沢工専の教授だった人がおられた。そういう出会いもあって、工場生活をしながら、やはり文学にずいぶん親しみました。

●短歌との出会い、本づくりの魅力

金沢工専へ進学する前は、富山県立富山中学校（現・富山県立富山高等学校）で学びました。金沢時代、夏休みなどに帰省すると母校の恩師を訪ねました。その中に、清田秀博という国語の先生がいて、国文学者でした。万葉集の研究をしていて、文章を雑誌に載せたりするからとおっしゃって、その影響で本を読みました。そのうち「短歌雑誌を出すので、あなたは短歌を作ったことがないかもしれないけど、勉強してきなさい」と言われて、短歌を詠むようになった。清田先生が、「紫苑短歌」という雑誌を創刊されることになって、編集のお手伝いをして、一生懸命歌も作りました。それが、短歌に親しむ原因になっていったのです。

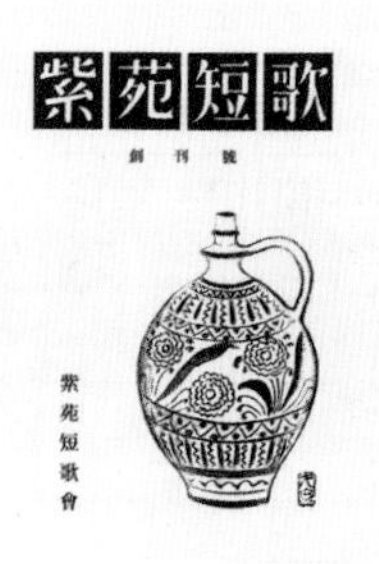

「紫苑短歌」創刊号

例えばこんな作品があります。

起重機のやすやす吊れる鋼板の
地に着く瞬時の速度が重し　（注三）

クレーンに鋼の板が吊られて下りてくるでしょう。その時に、どすんと落とすわけにいかんから、すっと地面に着くときにふっと速度がゆるくなる。それに気づきまして、詠みました。後に、大岡信さんが「折々のうた」でこの歌を取り上げてくださった。この歌は、ある意味では文学者らしい目ではないのです。理系の目と申しましょうか。地に着く速度が最後はふっと遅くなる。それを目敏くも瞬間に見たというのが、大岡さんは、非常に細かい観察であると書いてくれた。「朝日新聞」の連載で長く続いた「折々のうた」は、当時愛読していましたが、自分の歌が取り上げられるなんて思いもしませんでした。大岡さんは、富山県立近代美術館（現・富山県美術館）の最高顧問のお一人で、私は県職員として美術館創設に関わっておりましたから、以前から存じ上げていましたが、

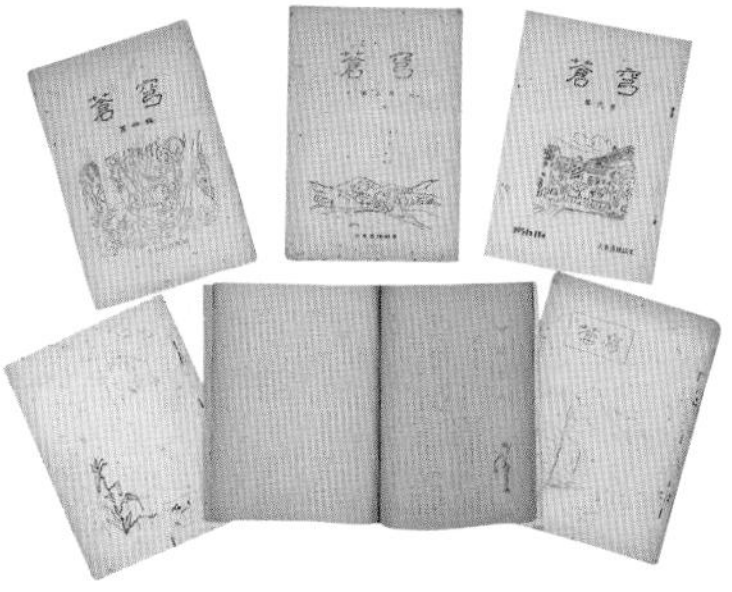
鉛筆書きから始めた同人誌「蒼穹」。第４号から謄写版で制作した

でも、やはり私にとっては大変ありがたい機会でした。

　ガリ版好きになったのも恩師の影響です。富山中学では化学の矢後一夫先生のもとで、化学班という班の班員でした。矢後先生に教わって、ガリ版を書いたのです。金沢工専時代は、戦後で教科書があまりないのですよね。それで先生に、講義ノートを私がガリ版で書きましょうかと言って、教授の力学や設計のノートを私がガリ版で書いて印刷して同級生に配る。みんな喜んでくれて。そういう雰囲気の中で謄写版を一生懸命書きました。そして、物を書くことが好きだったから、思いついて、今度は同人雑誌を出そうと。それで鉛筆書きで雑誌を作ったのが、文筆活動のスタートです。だから、やっぱり、人生は出会い、つくづくそう思います。その出会いを生かすということなのでしょうね。

●官民一体の文化活動

　私は小学校の教師から、中学校、高等学校、専門学校、短大の講師まで経験しました。これも不思議な人生だと思います。その後、富山県職員になったのは、文化行政が盛んに言われるようになったころです。戦後、政治は復興のため経済中心でしたが、心の問題が大事にされるようになり、県の政治が文化活動を大事にする方向になりました。その中で、昭和四十七年（一九七二）、富山県芸術文化協会が生まれるのです。私は富山県歌人連盟の委員をしていたものですから、短歌代表で設立発起人の一人に加わることになりました。昭和四十九年（一九七四）には、富山県教育文化会館に芸文協（富山県芸術文化協会）事務局が開設しました。同年、私は富山県教育センター研究主事に任命されて、県の職員として引き続き芸文協のお手伝いをさせていただきました。芸文協という団体はあらゆる分野の活動家が集まっていますから、それは楽しかった。いろ

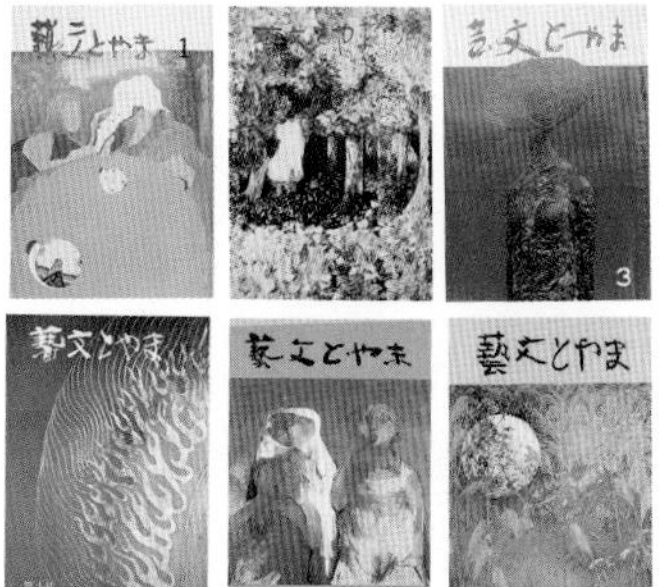
富山県芸術文化協会の機関誌「藝文とやま」

んな文化活動の分野の人達と知り合いになりましたし、知恵を出し合いました。早稲田小劇場が利賀村を拠点とする前ですが、水田外史という指人形遣いが利賀村で活動を始めた。それに興味を持って、芸文協の行事で、「山村と都市の出会い」ということをやったらどうかと言ったら、みんな賛成してくれて、劇団「文芸座」の小泉博さんたちと利賀村で文化行事をやった。それが、昭和五十年（一九七五）八月二十三日・二十四日に開催した第二十四回富山県芸術祭利賀村大集会〝都市と山村のかけはし〟です。非常にいい思い出です。

昭和四十三年（一九六八）に文化庁が創設され、昭和四十六年（一九七一）に富山県教育委員会に文化課ができました。初代文化課芸術文化係長の吉崎四郎さんは、富山中学の同窓生でもありましたから、一緒になって文化活動を始めました。そのうちに、富山県立近代美術館が生まれることになって、私は親が絵描きなものだから、芸術文化ならわかるだろう、ということでしょうか。昭和五十一年（一九七六）に芸術文化係長に任じられて近代美術館創設に関わり、美術界の人たちとも仲良くなっていったのです。置県一〇〇年という時期を迎えるに当たり、当時の中田幸吉知事が、記念事業として、西中野にあった刑務所の移転跡地に美術館をつくることを発想された。その美術館創設が私の担当の仕事になっていったのです。

富山には、芸術文化に理解のある知識人がいました。翁久允さんという傑出した人がいましたし、岩倉政治さんも文人であり、幅の広い文化の理解者、支持者でした。お二人とも富山県芸術文化協会に理解者として加わられました。富山県芸術文化協会は、文化行政を盛んにしなければならないという時代のさきがけで、富山県の支援を受けて創設されたのですが、富山にとっては非常に良い機会でした。あの時も、吉崎四郎という人の考えだったろうけれども、芸術文化協会を中堅の文化人たちが活躍できる組織にした。その連中が、自分たちが活動する時代が来たぞと言わんばかりによく活躍した。それを当時の行政がちゃんと見届けていた。それが、中田幸吉知事であり、中沖豊知事の時代のことです。

例えば、可西希代子さんたちの可西舞踊研究所は、高岡を中心に活動した大変異色の存在でした。当時、可西舞踊研究所、文芸座、富山県青少年オーケストラが、県内の文化活動を盛り上げようと市町村を巡回しました。芸文協が中心となって推進した事業です。よく言われますが、富山は、官民一体になって、さまざまな活動の組織が盛んになるということが、自然に生まれていきました。これは他の県と違う特色だったのでしょう。ですから、私たちは生き生きとして芸術文化活動に挺身していった。これがやはり今日につながっているのですね。劇団文芸座や可西舞踊研究所を中心に海外公演も積極的に行っていますが、みんなそこから生まれていったのです。他の県にはない、一つの文化的風土ができてきた。その中で生かされてきたというのが正直な私たちの存在です。

●日本を代表するコンテンポラリー・ミュージアム

富山県立近代美術館をつくるときのことですが、まだ二十世紀美術などということを言う人は誰もいない。印象派に代表されるような、十九世紀から二十世紀初頭の美術が、日本の美術の中心でした。当時の中田知事が、富山に新しく美術館をつくるに際して、館長をどなたにお願いするか、信頼を寄せていた、当時、京都国立近代美術館館長の河北倫明さんと、日展の会長をされていた富山県出身の漆芸家山崎覚太郎さん、お二人に相談された。もうお一人、富山県出身の瀧口修造というシュルレアリストがおりました。知事は、瀧口さんに会って惚れ込んで、館長に就任してほしいと言われたのです。瀧口さんは、自分は在野で通ってきた人間であるから、ふるさとであっても公立館の館長にはなれないとおっしゃった。そこで、河北先生を中心に東京で選考委員会を開くことになり、当時、朝日新聞の美術評論担当の記者だった小川正隆さんが浮かんできたのです。小川館長は、二十世紀美術を専門とする美術館は、日本中どこへ行ってもない。富山の新しい美術館は、日本を代表するコンテンポラリーな美術館にしたらいいと発想されました。館名も、現代美術館を提案されたのですが、結局、行政的な配慮もあって近代美術館になりました。しかし、昭和五十六年（一九八一）に富山近美が開館してからの何十年かの歩みは、小川館長の、同時代的な発想と、世界的な視野をあわせて辿ってきたものでした。今、私の書斎の一角を占める本は全部その歩みです。その中で、いろんな作家に出会いました。東山魁夷さんや、杉山寧さん、みんないい人ばかりでした。私は、現に仕事をしながら多くの知識に出会えた。非常に幸せでした。

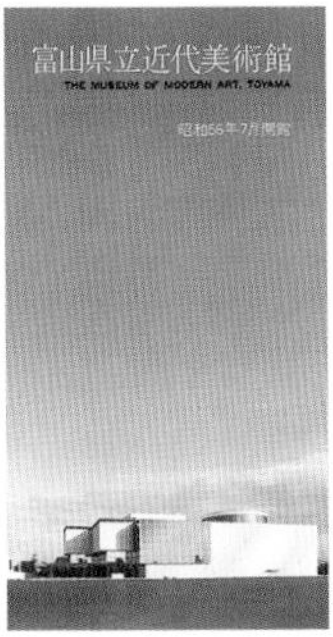

富山県立近代美術館
開館案内冊子

もう一つ、ポスターがまだ商業美術に位置づけられていて、アートの世界ではあまり問題にされなかった時代に、富山近美がアートとしてポスターを取り上げました。これはやはり小川館長の感覚でした。朝日新聞記者時代に、アートディレクターと仕事をする機会が多かったこともあってみんな応援してくれた。そのお一人が永井一正さんです。富山はポスターのメッカになりました。当時ポスターは、デンマークや、ポーランドで盛んでした。そんな中で、ポーランドあたりが中心となって、ポスターの世界交流をしようという発想が生まれたのです。小川館長は、副館長である私に、代表で行ってこいと言われた。国際的な交流事業であるワルシャワ国際ポスタービエンナーレに、私が日本代表で行くことになりました。これも思わぬことでしたが、それからまたポスターの世界とのつながりが広がっていきました。

大岡信さんとの出会いは、富山近美の創設に際して、瀧口修造さんが自分は公の仕事に関わるわけにはいかない、だけど知事が良いと言われれば、自分の大事にしている若手活動家を推薦したいと言って、大岡さんと東野芳明さんのお二人を推薦されたのです。山崎覚太郎、河北倫明、大岡信、東野芳明、この四人が富山近美の相談役、いわば最高顧問でした。その人たちとも、長らく親しくさせていただいたし、私が短歌をつくっていたこともあって、大岡さんともずいぶん仲良くさせていただいたし、ありがたい時代に生きてきました。

プロムナード人歩きつつ人よりも
影生き生きとガラスに動く　（注四）

不思議でしょう。ガラスに映っている人の動きのほうが、本当の人の動きよりも生き生き見えることがあるのです。反射したりして。大岡さんが「折々のうた」に、先ほどの「起重機の」と、この歌と二首紹介してくれました。本当にありがたいことでした。やはり、出会いほど大切なことはありません。出会いを大事にすることが、人生を豊かにすることであると、私は信念をもって一生涯大事にしたいのです。

●富山の文人たちの視野の広さ、自由な精神

翁久允さんは、「高志人」という郷土文化誌を主宰しておられました。私の父は美術代表で「高志人」のメンバーでした。富山市磯部町にお宅があって、よく父の用事で物を届けたりしました。そのうち私は富山県歌人連盟の事務局長になりましたので、歌人連盟でも翁先生のところへ出かける。移民文学というのが翁さんの文学の特色の一つですが、それにとどまらず幅広い文人で、「高志人」も幅の広い雑誌でした。今、私は「綺羅」という短歌雑誌を発行しておりますが、「綺羅」でもやはり分野を越えたつながりを大事にしています。私は歌人ではありますから、短歌雑誌を出しているかたちですけれど、その中身は、他の分野の人の文章も取り入れたものになっています。芸術文化は、近隣の分野も取り入れて自らの分野も高まり、周りも高まる。「綺羅」という雑誌において、あくまで私が、そういう考え方を大事にするのは、今申しましたすべて若い時分からの集積の結果なのです。

富山県歌人連盟といえば、小又幸井さんは、初代会長を三十年務められました。富山県出納長、その後、富山市助役もされましたが、短歌に関しては、特定の会派に入らず歌をつくることが天命という人でした。朝起きたら歌が二〇〇首できると言われた

二首を収める
『第九折々のうた』(岩波新書)

からびっくりしたことがあります。朝早く起きてから、その日の思いをずっと歌にしていくそうです。歌人連盟の三代会長を北日本新聞の深山榮社長がしておられたころ、一緒に小又さんのところへ行ったことがあります。いったいどのくらい歌があるだろうかと。すると、罫紙の裏表に書いてある五十枚で一冊にした冊子が、三七〇冊くらいありました。かけ算して、深山さんがびっくりして、「おい、小又の歌というものは三十万くらいあるぞ。いやあ考えられんなあ」と。亡くなられたあと、『大立山』（深山榮、一九九二年）という歌集を編んで贈りました。不思議な人間がいるものですね。富山には。

富山の文化を考えるとき、多くの文人、政治家、財界人含めて、文化活動に理解を示してくれた多くの人たちがいたということが大事になるのでしょうね。

●永遠を大事にする文人墨客の心

職藝学院に関わったことを挙げたいのです。職藝学院は職人養成の専門学校です。稲葉實理事長は建築家で、私の奥田中学時代の教え子でした。私が定年退職したときに、創設の手伝いをと言われまして、携わらせていただきました。職藝学院の考え方の発想は、日本建築はいろんな文化的な要素を取り込んだ場所であり、庭造りと建築は別々の分野のように思われているけれど、本当は一体でいいのだと。庭の環境づくりの中に建物がある。建物の環境づくりに庭がある。両方一体のものである。それから中に入れるには、家具も大事だ。そういうことで職藝学院ができたのです。職藝という言葉はその学校ができるまでありませんでした。稲葉さんと相談して、二人で思いついたのが、職人芸術だから職藝という言葉をつくろうよと言って。職藝学院は平成八年（一九九六）に開校しました。私は、副学院長として二年半ほど勤務しました。今、その園庭に私の歌碑が建っています。歌碑の字は自分で書くのがふつうですが、書家の青柳志郎さんを知って大変仲良くしていたので書いてもらいました。今年、除幕式から十周年を迎えます。歌碑に刻まれた歌を紹介します。

職藝学院に建立された歌碑

竹むらのそよぎさやけく霜にふむ道
に時間の流れはやまず　（注五）

竹のそよぎには日本的な優しい雰囲気、東洋的な雰囲気があります。

竹の葉がさらさらと時間の流れがやまないということは、匠の技というのはそういうものだと。ずっと昔から匠の技というのはあって、永久に続くものであってほしい。ちょうど竹の葉がさらさら揺れていて、時間が永久に流れているように、職藝の漣も永久に続いてほしいというのが、この歌の背景にある私の気持ちなのです。職藝学院というのは、手業であり、技術であり、工学の世界です。しかし、精神は文人墨客の永遠を大事にする気持ちと一緒です。ですから、私のその歌は、私の文人であり、エンジニアであり、諸々の活動の集大成とも言える、職藝という言葉に込めた意味、心の支えとして、大事にしております。それが結論的な私の今日の姿だろうと、実は思っているのです。

専門を深めることは大事なことですから、それぞれの分野のエキスパートになって深めていくことも大事です。ですが、他の分野については全く知らないというのは、私は人生の生き方としては、とりたくない。人間のやっていること、すべて、やはり共通のベースがあって、人としての生きがいの中には、文も理もなく、渾然とした一つの姿でそれぞれの歩みがあっていいのではないかと、そう思います。

大岡信さんの短歌を挙げたいと思います。

　いにしへに人麻呂なりし灰も来て
　遊ばぬものか我の小部屋に　　大岡信

大岡さんのエッセイ集に『人麻呂の灰』という本があります。この本の題名の背景には物質不滅の法則があるのです。昔、柿本人麻呂を焼いた時の、火葬したかどうかわかりませんが、死体を焼いたときの灰は、物質不滅の法則で言えば、この地球上にあるはずだ。ひょっとしたら、ある日、俺の書斎へ、その人麻呂の灰の一片が、入ってくるかもしれないというのが、この人麻呂の灰なのです。「いにしへに」の歌、これはやはり、歌人にはできない。詩人の大岡さんだから言える短歌かもしれません。短歌のかたちをとった詩です。時代を超え、分野を超えて、人麻呂のような大巨人がいて、昔の歌人だけれども、その人を焼いた灰が、俺の書斎に入ってくるかもしれないということは、俺と一緒になることもできる。俺の文学だって、もっと長い目で見れば、そんなに捨てたものじゃないという自負みたいなものもありまして。私、この言葉大好き。

●人との出会いを大切に

辺見じゅんさんは、私の忘れ得ない大切な歌人です。あの人は、ふっと亡くなってしまわれた。あの人も悲喜こもごもの人生を背負った歌人、文学者だったと思うのです。

　月光のしずかに遷る夜半に居て
　畳に伸びし影に手を置く　（注六）

これは、私の歌集『塔映』の最後に置いた歌ですが、辺見さんは、平成二年（一九九〇）七月号の「短歌」（角川書店）で、この歌を「上句の冴えざえとした月の光と、下句の静謐な叙情は、歳月を経たいのちのきらめきを感じさせる」と評してくださった。その後、折にふれご一緒させていただきました。辺見さんと出会えたことも、私の人生の大きな財産です。

　いろいろ出会うことは世の中にたくさんあると思うのですが、生きる意思として、自分は自分の人生をいつも前向きに見つめて、そして、なまくらしてはいけないと思います。人間は、努力して、苦労して鍛えられるもので、それが人間をつくっていくのです。当然のことだけれどそれを大事にしてほしい。毎日うかうかと過ごしているといつの間にか時間は過ぎていく。しかし、今の時間が大切だぞと思って、自分はどう生きたらいいか、絶えず考えていくことが大事だと私は思います。

　やはり出会いに尽きると思います。出会いあってこそ人生が豊かになる。すべてのものの出会い。だけど、人がやっぱり大事でしょう、一番。人との出会いを大切に、です。

街を歩くと、みんな物質的には豊かな顔をしているけど、いろんな人生を背負っているだろうと思うのです。人を愛するという気持ちは、やはり、大事にしなければならないと思います。人のあたたかさというものも大事ですね。

　私が学校の教壇に立ったのは富山県立富山工業高等学校が最後ですが、最後に担任をした学年が二クラスありました。その二つのクラスが、卒業式後の謝恩会の時に、毎年一月三日午後三時に、必ず案内なくても集まれよと。場所も決めて、そういう約束をして終わったのですが、いまだに続いているのです。本当にこれは感心するくらい。卒業したのは二クラスで九十人ほどですが、いまだに十五、六人集まるのです。これもあまりないことではないでしょうか。人との出会いを大事にする。どの出会いも同じです。出会いが人生の全てでしょう。それを大切にするということが人生の意味じゃないでしょうか。

（注一）久泉迪雄歌集『遠近の眺め』（短歌新聞社、一九九九年）所収
（注二〜六）久泉迪雄歌集『塔映』（角川書店、一九九〇年）所収

※本文は、令和二年（二〇二〇）十月二十六日に行ったインタビューにもとづき、高志の国文学館が構成しました。

ふるさと富山へのまなざし

髙木繁雄

久泉迪雄先生との出会いは、半世紀ほど前に遡る。当時、北陸銀行に入行したての私は、富山丸の内支店勤務であったが、その近くに先生のお住まいがあり、ボーナス勧誘の店周ローラー訪問が始まりであった。その後、不思議なご縁で、高志の国文学館の運営委員会等、様々な会合でご一緒させていただくことも多く、長きにわたり厚誼いただいている。

久泉先生への特段の親近感は、その誠実で幅広く深い見識の魅力やお人柄に加えて、御父君洋画家久泉共三氏のご活躍について、お会いする前から杉山司七先生にお聞きしていたことにある。当時、杉山先生は私が学生時代を過ごした富山県学生寮（東京）の寮長であったが、東京都美術館の館長もつとめた美術家で、久泉共三氏と交友もあった。私は杉山先生によく東京都美術館に連れて行ってもらい、美術について種々お話をお伺いした。感銘を受けたのは、富山県美術界の歴史で、戦後間もない焦土の中、杉山司七、久泉共三、長島勝正、佐々木大樹、荒谷直之助、小坂勝人、村井辰夫、佐藤助九郎、佐伯宗義、山田昌作などの錚々たる有志が、富山県の復興は美術・文化からと奔走され、昭和二十一年五月に第一回富山県美術展（県展）開催にこぎつけられた話である。富山市は大空襲後一年も経っておらず焼け野原で、画材どころか食料もない時代であった。入善の大地主で美術家長島勝正氏のところに有志が集まり、食料を分け合いつつなんとか活動を続け、空襲で焦土化した街としては全国初の県展を見事開催させた熱意と行動力は、尊敬の念に堪えない。ちなみに最初は、県教育委員会へ相談したが、教室も黒板・机もない時代なので上手くいかず、立山町の大地主一族金山商工課長のご縁で県と共催で実施にこぎつけた。多分、商工課も鍋釜や機械の生産が第一だったと思われるが、芸術・文化を育む土壌があったのではないかと経済界に身を置く一人として少し誇らしい。

　思えば、久泉迪雄先生の幅広く深い見識と類まれな行動力、そしてなによりも富山の自然風土、文化を愛されるそのまなざしは、こうした御父君からのＤＮＡが脈々と流れておられるからと思われる。

　人生百年時代、如何にして心豊かな人生を全うするかが問われている。こうした中、久泉先生には健康にご留意いただき、ふるさと富山の芸術・文化継承、発展に、まだまだご指導いただきたいと思っている。本企画展が、久泉先生の功績と歩みを広く県内外に伝え、より輝く富山の未来へつながるものとなることを祈念している。

（富山商工会議所会頭・北陸銀行特別参与）

いぶし銀に輝く晩節

小泉　博

いぶし銀のような深みのある気品をたたえた晩節を生きる稀有な存在—長年、交流を重ねてきた私が抱く久泉迪雄先生の印象だ。

初めて出会ったのは、一九七二年の富山県芸術文化協会（芸文協）設立の時である。事務局の庶務部長に就いたのが久泉先生だった。

「形骸化した県芸術祭実行委を改革しよう」「会場に閑古鳥が鳴く低調な県芸術祭を改めよう」。そんな熱い声の下、二十七の芸術文化団体が集まって発足したのが芸文協だ。居並ぶのは一線の芸術家ばかり。事務局会議は毎回白熱した。次々と上がるアイデアを整理し、企画書に練り上げていったのが久泉先生だった。県青少年美術展や県こどもフェスティバル、生活文化展など、今も続く芸文協の事業は、この頃発案されたものだ。中でも七五年に「山村と都市の架け橋」と銘打ち、旧利賀村で開いた県芸術祭は、のちに早稲田小劇場（現ＳＣＯＴ）の進出のきっかけになった。

日本人の美意識の源流ともされる短歌を作ることを生きがいにしている久泉先生。これまで詠んだ歌は、一万五千首とも、二万首ともお聞きした。海外派遣事業でご一緒した際、毎日開くノートにびっしり歌が連なっていたのには驚いた。「詠む」ことは呼吸に近いものなのだろう。

言われてみれば、久泉先生のことを思うと、決まってペンを走らせている姿が目に浮かぶ。あの時もそうだった。高岡市美術館の初代館長についてしばらく後、脳梗塞で入院されたことがあった。見舞いにうかがうと、ベッドから起き上がり、背筋をぴんと伸ばして原稿用紙に向かっていた。「締め切り間近の原稿を仕上げようと思って…」と話す姿はさすがに照れ気味だった。なるほど、付き合ってこのかた、原稿を依頼して遅れたことなど、ただの一度もなかった。

contribution

以前聞いた若かりし教員時代のエピソードを披露したい。ガリ版印刷の原稿筆耕は一手に引き受けていたという。字がきれいで分かりやすかったのは言うまでもない。察するに、子どもたちや親御さんたちが目を通す学校からの配布物をきちんと仕上げてあげたいという思いが強かったからではないだろうか。

気配り、気遣い。いずれも目に見えるものではない。そもそも歌を詠むとは、目に見えない己の心の在り様を三十一文字に可視化する行いだ。内面に生じる起伏と絶えず向き合い、他者への思いやりを欠かさなかったからこそ、晩節のいぶし銀の輝きがあるのだと、この稿を書き進めながら一人納得している。

（一般社団法人富山県芸術文化協会名誉会長）

久泉先生とのご縁

加藤　淳

久泉迪雄先生（以降、先生と表記）は昭和二年、私は十四年の共に卯年生まれで、先生の歌集「季をわたる」に卯年生まれは『天性心美しくして人に愛せらるる』と記されています。先生は富山中学（現・富山高校）五十七回卒で私は七十回卒です。先生は金沢工業専門学校（現・金沢大学）機械工学科を卒業され工業や数学の教師で、私は富山大学教育学部第一中等科を卒業した国語教員です。先生はその後、県の教育機関や県立近代美術館建設準備室主幹になられ、本県の美術文化の振興発展に尽力されました。県立近代美術館が昭和五十六年七月の開館に際し学芸課長兼普及課長の先生から、富山高校吹奏楽部にファンファーレを奏で欲しいとの依頼があり、顧問の私は生徒と共に出席しました。

富山県芸術文化協会へ推薦

文化庁が設置された四年後の昭和四十七年十月に芸術文化協会が設立された。全国で最も早い設立で他県から視察が相次いだ。中心的役割を担われたのが小泉博名誉会長と先生でした。昭和六十年四月、先生の推薦で富山高校教諭から芸文協事務局主任に異動になった。社会人が対象で応対する時間も夕方から夜九時頃と長く色んな意味で勉強させられました。世界初の「富山国際高校演劇祭」が世界十一カ国十四グループ参加のもとに開催された年でした。

その後、芸文協副会長を経て平成二十九年から三年間会長を務めましたが、退任に際して先生から労いの温かい葉書を頂戴し大変恐縮しました。芸文協勤務後は、県教委文化課芸文係長として文化行政に携わった後、県総務部文書学術課主幹として私学を担当することになりました。

contribution

富山国際職藝学院開設でのこと

平成六年、富山高校の私の一級先輩で三四五《みよい》建築事務所の稲葉實代表が、学校法人富山国際職藝学院を新設するに際し先生を設立準備事務局長に要請された。先生は文部省提出用のカリキュラムや敷地面積などきめ細かな書類を文書学術課に持参されました。書類は完璧で建設予定現場など何度か案内して頂き、学ぶことが多くありました。

美術関係でも多くのことを教わる

平成八年四月、雄峰高校長から県立図書館長へ異動になった。「'86富山の美術」の大浦作品掲載図録が尾を引き、図書館運営に支障をきたした為で、真夜中に電話が自宅へ掛かって来るなど、表現の自由を巡る問題の処理は大変でしたが何とか収めました。平成十年四月、教育理事・県水墨美術館開設準備担当を命じられ、翌年四月の開館で初代館長になり顧問を含めて十一年間勤めました。現在の天皇陛下・妃殿下、秋篠宮皇嗣ご家族に作品を解説する栄にも浴しました。当時先生は水墨美術館収蔵美術品選定委員で美術館運営など多くのことを学びました。平成十八年創刊の短歌機関誌「綺羅《きら》」の同人として現在も随筆を時折投稿しています。先生とご一緒することも多く、文学や美術に限らず博学で、先生を心から敬慕している次第です。

（一般社団法人富山県芸術文化協会参議）

久泉迪雄先生と瀧口修造コレクションを巡る私の思い出

杉野秀樹

富山県立近代美術館で久泉先生のご指導を受けたのは今から三十年も前のことだ。さすがに記憶もおぼろげで、富山近美の年報の手助けなくして当時のことが蘇らない。

それによると私が富山近美に勤務し始めたのが一九八八（昭和六十三）年四月。先生は副館長と学芸課長を兼務されていた。その年の秋には小川正隆初代館長が退任（のちに名誉館長）し、久泉先生が先の職務に館長事務代理が加わるという、組織としてはかなりハードな変動があった年である。一九九二（平成四）年三月に久泉先生は富山近美を辞され、四月に高岡市美術館長に就任されている。

丸四年の間、富山近美で指示を仰ぎながら仕事をしたのだが、その中で明確な輪郭を結び続けている記憶がある。退官される前、副館長室で告げられたことだ。これまでは故瀧口修造夫人の綾子さんと近美をつなぐ役目を自分がしてきたが、それを引き継いでほしい、と。

貴重な瀧口修造コレクションを持つ近美に勤めても、「瀧口修造」研究を望んだことなどなかった私にどうしてお鉢が回ってきたのだろうか？何しろ詩人についての私の知識は甚だ貧弱であった。学生の頃に偶然に手にしたハーバート・リード著の『芸術の意味』の訳者略歴に「滝口修造（たきぐち・しゅうぞう）一九〇三年富山県に生まれる」とあり、実利の県民性からすると随分と珍しい人物がいるもんだ、という程度であったから。副館長室で指名の理由を聞かされたに違いないが、記憶が全然ない。上の空だったのだろう。

一九九二（平成四）年三月下旬、引継ぎのご挨拶のため、久泉先生に伴われ後任の副館長と一緒に、神奈川県大井町に綾子さんを訪ねた。低く垂れこめた分厚い雲から冷たい雨が落ちる午後。綾子さんは気分がすぐれないとのことで、二言三言で場を離れられ、もっぱら実弟の鈴木陽さんとの会話が中心であった。あの頃は、年に一回程度のご挨拶で関係を維持すれば、と軽く考えていた。ところが、である。その後、四半世紀近くにもわたり、泊りがけの調査を含む訪問を何度も繰り返すことになろうとは。

富山近美の常設展示「20世紀美術の流れ」に瀧口修造コレクションを本格的に組み入れ始めたのが確か一九九四（平成六）年、さらに展示室改修の際に同コレクションのための小展示室を確保したのが二〇〇三（平成十五）年であった。二〇一七（平成二十九）年、近美の移転新築の際には、瀧口修造コレクションは美術館の心臓との思いで、内藤廣さんが富山県美術館三階に魅力的な展示室を設計された。

また綾子さんが誰にも見せることなく大切に守り続けてきた瀧口作の大量の作品を紹介した「瀧口修造の造形的実験」展を二〇〇一（平成十三）年に、富山近美への寄贈品――瀧口の書斎に残されていた美術品やオブジェ、石ころや貝殻などの自然物を含む瀧口修造コレクションの全貌を初めて展示した「瀧口修造 夢の漂流物」展を二〇〇五（平成十七）年に開くことができた。

こうした表に出ている成果は、実は瀧口修造を敬愛し、彼の功績とコレクションを無償の献身的行為で守り続けた多くの方々の存在なくしてはあり得なかった。久泉先生は紛れもなくその尽力者のお一人である。

これまで久泉先生にお尋ねしたことは一度もないが、私に対するご期待に幾ばくかでも応えることができたのだろうか。

（砺波市美術館館長・前富山県美術館副館長）

ワルシャワの思い出

松永　真

私はグラフィックデザイナーの松永真（まつながしん）と申します。職業柄、略歴を書かされることが多いのですが、そんな時、まず最初に自慢げに入れてしまうのが、第十二回ワルシャワ国際ポスタービエンナーレグランプリ受賞（一九八八年）という一行です。二年に一度、ワルシャワで開催される世界で最も権威のあるポスターコンクールで、当時五十数カ国から、六～七、〇〇〇点もの応募があったと言われています。グラフィックデザインと言えば、その代名詞がポスターと言われているような時代でしたから、ポスターはグラフィックデザインの花形でした。

戦後復興して間もなかった頃、社会主義の国ポーランドはポスター王国としてポスタービエンナーレを世界に誇っていました。授賞式の前に、ザ・ヘンタ美術館というお城のような美術館の中央階段から世界に向かって、受賞者発表という晴れがましい式典が行われたのですが、その群衆の中に本来居るはずのない当のグランプリ受賞者が居たのです。「シン　マツナガ、ヤポニア!!」ポーランドから最も遠い国であろう日本のデザイナーが居たのです。稀に見る偶然の出来事です。そして何とそこに、このあり得ないハプニングを驚いて見守っていたもう一人の日本人がいたのです。それが久泉迪雄さんだったのです。

久泉迪雄さんの記念すべき展覧会の記念冊子に一文をと依頼された時、門外漢が一体何をと、一瞬戸惑いましたが、私にとっては、このエピソード以外にないと直感しました。

久泉迪雄さんがそこに居合わせたのは、富山県立近代美術館の

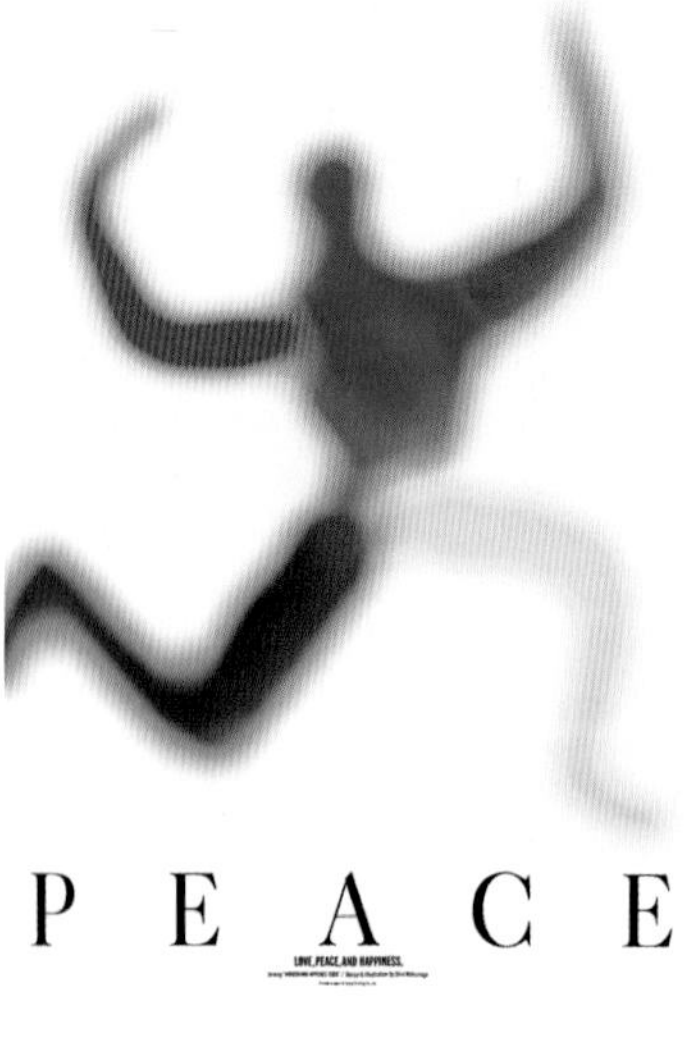

contribution

副館長時代で、富山県が日本で初めて、世界ポスタートリエンナーレ・トヤマという一大イベントを立ち上げた直後のことだったのです。つまり、先達であるワルシャワ国際ポスタービエンナーレの表敬訪問を兼ねて、その成り行きを日本代表としてつぶさに目撃しに遠くワルシャワにいらっしゃっていたということなのです。

私はと言えば、東京・銀座での個展「松永真のデザイン」がポーランド人の目にとまって、ワルシャワ工業デザイン研究所から招聘され、ワルシャワを皮切りにポーランド国内五箇所を巡回する個展の準備中でピリピリしているところだったのです。ポーランド自慢のワルシャワポスタービエンナーレの発表式典をぜひ見て欲しいといわれて、他人事のように、しぶしぶそこに出かけて行ったのです。

このハプニングはテレビや新聞で大変な話題となって、急遽私のためだけの臨時の授賞式が行われ、日本大使もやって来られました。そして、私の個展は大盛況となりました。その一部始終を目撃して下さった数少ない日本人の証人が、久泉迪雄さんだったということなのです。

ワルシャワ大学の教授から「旅は人間を教育する」というポーランドの格言を頂いたのもこの時でした。

これがご縁で、久泉さんが高岡市美術館の館長に就任なさった時には、シンボルマークのデザインを依頼され、高岡市で創った〝少年時代〟という名のブロンズ彫刻がシンボルマークになり、その後の長いご縁が続いています。

今、矍鑠たる久泉迪雄さん九十三才、私八十才、共にまだ若かった三十二年前のワルシャワの懐かしい思い出です。

（グラフィックデザイナー）

「久泉迪雄の軌跡」に寄す

村上　隆

歌人が折々に残す歌には、詠み手のその時々の一瞬が凝縮する。その時の時代、その時の風土、その時の空気、その時の感性、時と共に移ろう詠み手の生身の発露を刻んだ三十一音を繙くとき、詠み手の心に時空を超えて誘われ、読み手は自らの人生に思いを馳せる。

古希近くに齢を重ねた私が、久泉迪雄さんの人生に不思議な共振を感じるのには特別の理由がある。私自身、ひとり我が人生を顧みて、人よりは曲折の多い軌跡を描いてきたと思うのだが、卒寿を超えた久泉さんが描いてこられた軌跡と重なる部分がなんと多いことかと驚くからである。

久泉さんと私は、共に富山県高岡市生れの父を持つ。洋画家久泉共三であり、彫刻家村上炳人である。芸術に近しい環境に育ちながら、共に進学したのが工学部である。久泉さんは機械工学、私は材料科学であった。久泉さんは敗戦直後、私は学生運動の終息時期での選択であった。

「しみじみとときのうつろい返しつつ未完のままの立志の手帳」

その後、お互いに二年余りの工場勤務を経験する。

「ポアッソン比　反発係数　論じあい数字ちりばめし数表一枚」
「青春を埋めて気負いたる工場の窓すすけたり今に見て過ぐ」

そして、久泉さんは理系の教師として富山県にて中学、高校の教壇に立つが、私も京都府立高校の数学教師を経験する。ここまでは、見事によく似た軌跡を描くが、教職を離れた久泉さんは、美術館運営に転じ、富山県立近代美術館副館長、高岡市美術館館長と歴任される中、歌人としての道を歩まれる。一方、私は研究者の道に戻り、長く奈良国立文化財研究所にて、文化財の調査・研究に専念することになる。

contribution

私が、久泉さんに初めてお目にかかったのは、高岡市美術館にて一九九七年七月に開催予定の「村上炳人展」の三カ月前に急逝した父炳人の葬儀の時であった。準備段階での突然の死去にも関わらず何とか展覧会が開催されたのは久泉館長のご尽力の賜物と感謝している。

久泉さんが、私の職場である飛鳥・藤原宮跡の調査部を訪ねてこられ、飛鳥路をご案内したのは、展覧会後しばらく経ってからであった。

「大和恋い飛鳥訪ねて幾たびの終わりなき旅か寸暇を歩む」

「飛鳥路の塀にやさしき初冬の日差し充ちいて影歩まする」

その後、雪の降りしきる中、富山国際職藝学院に車でご案内頂いたことや、本に埋まった書斎にお邪魔してお話を伺ったことも良き思い出の一つである。

「積みあげて雑誌の嵩のほどほどに廊にあふるるを呪縛としたり」

「捨て難く書架にもどして綺羅なすままに一冊を抜く」

その後、京都国立博物館学芸部長に転じた私に、驚いたことに高岡市美術館館長就任の要請が届いた。久泉さんと私の軌跡が改めて共有点を有した瞬間である。不思議なご縁を感じたことは言うまでもない。

久泉さんは今もずっと先の遠く高い境地へと人生の軌跡を延ばしておられる。私にはこれから足跡をたどるだけでも不可能に近いであろうとその重みを噛みしめている。

「人生を、おのれたのしむ術を知り　不覚にかさぬる遍歴重し」

・・・・・・・・・

文中の歌は、久泉迪雄先生の歌集、「遠近の眺め」（短歌新聞社　一九九九）、「季をわたる」（能登印刷出版部　二〇一五）から引用した。ここに記して謝意を表す。

（高岡市美術館館長）

十四歳の出会い

稲葉　實

昭和二十七年（一九五二）私が新制中学二年生の時、久泉迪雄先生には英語の担任として出会いを頂きました。先生の教え方は、文法を中心に丁寧に教えて頂いたと記憶しております。国語も英語も苦手な私でしたが先生の授業は別格で解りよかったのです。中学校を卒業してだいぶ経って再会の機会を頂き、想い出話としてそのことをお話ししたところ、先生も何故か私たちのクラスのことをよく覚えておられ驚きました。よくよくお聞きしたところ、私のクラスには数人の出来のいい女子生徒がいて、先生はその優秀な集合と関連づけて、クラス全体を記憶しておられたようです。

一方、久泉先生には約三十五年前、大工と庭師を養成する専門学校「職藝学院」の設立にあたって準備段階から今日まで、陰に陽に大変お世話になっております。

その「職藝学院」は今年、創立二十五周年を迎えようとしています。この専門学校は準備に約十年、今年二十五周年の節目を迎えようとしています。久泉先生には開設準備室長を無理やりお願いして、広く社会から大枚な寄付金まで調達して頂きました。おかげさまで県庁主管課の方もすごく好意的にご指導を頂き、専門学校「職藝学院」が認可の運びとなりました。阪神淡路大震災の丁度一年後、平成八（一九九六）年一月十七日に…キャンパス整備も大山町東黒牧台地（国際大学・インテック研修所・北電工研修所など先行）で、四月十日開学に向け順調に進んでいました。研究学園郷形成。先生には前後十年がかりで募金活動やらキャンパス計画までお願いしていました。先生のお人柄を信じて免税措置を前提とした「指定寄付」などに大枚ご応募いただいたのです。

〝十四歳の出会い〟から今日まで、陰に陽に未だにご指導いただき、本当にありがとうございます。先生のお姿は、私の人生目標としては遠く及ぶべくもありませんが、〝和光同塵〟とか言います。この言葉をごく自然にまとわれたお方です。先生にはいつまでもご壮健で、とかくぎくしゃくしがちな現代社会を短歌や和歌で和らげていただきたい

と願っています。

・・・・・・・・

竹むらの　そよぎさやけく　霜にふむ
道に　時間の流れは　やまず

学生たちの生活ぶりと職藝学院の永続を願って詠んでいただいた一句です。

三十数年前、若者の県外への流出を止めようと県内一円に広がった世論を受けて県立大学や国際大学、法科大学など設立に拍車がかかりました。その流れのなかで大工と庭師を養成する専門学校「職藝学院」を構想しました。「職藝」は職人技の「職」と名人藝の「藝」を合体した造語です。幸い三十五年のときを経て「職藝」は一般名詞化しつつあります。この造語にいち早く賛意を示されたのも久泉先生でした。勇気を頂いたのです。

（学校法人富山国際職藝学園理事長）

忘れられない電話

池田瑛子

すっと背筋の伸びた後ろ姿に、見たはずのない若い日の姿が見える時がある。戦時下、友人から借りた中谷宇吉郎の『雪』を一冊まるごと書き写しておられる学生時代の久泉先生の姿が。そのひたむきな情熱は今も流れているようだ。

昔、久泉先生からいただいたエッセイ集『いい人いい言葉との出会い』にとても感動した。そのなかの中谷宇吉郎との出会いがとりわけ印象深く心に残っているせいかもしれない。その出会いが次々に他の出会いに繋がってゆく…。出会いの集積が人生だと書いておられる。それもまれな出会いであると。私も出会いの不思議をいつも感じている。

表紙、巻頭言からあとがきまで編集者の心が行き届き豊かな内容の美しい歌誌『綺羅』に私の拙い詩を毎号のように載せて頂いている。久泉先生が自由に画家の絵と組み合わされるのでどの詩が誰の絵と組み合わされるのか、『綺羅』が届くまでわからない。野上祇麿、松倉唯司、藤井武、米田雪子氏らの素晴らしい絵との夢のようなコラボレーションに感謝している。

私には忘れられない久泉先生からの電話が二つある。

一九八七年北日本新聞社主催の杉山寧展が開催された時、杉山寧の作品にエッセイを書くことになり、私は抽象の『灼』について書かせていただいた。

最終日に杉山氏が来県された。「飛行機から降りて来られるなり池田さんに会いたいと言われた」と久泉先生。連絡を受けてホテルに駆けつけた。宴会が始まる前の短い時間だったけれどお目にかかれた。静かな方で、華やかな奥様とは対照的だった。私は実家の母の様子を見に行き、家を留守にしていたが実家にまで連絡をしてくださり実現した出会いであった。

もう一つは二〇〇二年、「富山県・江原道友好文学シンポジウム」に参加するようにと電話を頂いたとき、突然で驚き、「私は主婦ですし、文学シンポジウムは荷が重すぎてとても無理です…」とお断りすると「これはまた、なんちゅうことを言われますやら…」とがっかりされたようだった。たまたまそばで聞いていた家人が「折角、勧めてくださるのに参加させてもらいなさい、すぐに電話をしなさい。」と言ってくれ、韓国へ行くことになった。あのなかば呆れたようなニュアンスの久泉先生の言葉は忘れられない。結果的には自信のない私の背中を優しく押してくださった大切な電話となった。

シンポジウムは盛りあがり、江原道の詩人や文学者たちとのあたたかい嬉しい交流が生まれた旅となった。団長の久泉先生はバスに乗ると昨日の短歌、今朝できた一首、と聞かせてくださり、詩の一行も思い浮かばない私は感嘆するばかりだった。

歩かれるときも食事をされるときも言葉が「五七五七七」と息をしているようだった。

（富山県詩人協会顧問）

久泉先生の「記録性の認識」

上田洋一

久泉迪雄先生の長年にわたる文学的営為を象徴し、歌人としての背骨を成すと思われる一首を挙げたい。

歴史をば生き来し意識を立ち上げて
　われら昭和史をつぶさにたどる
（久泉迪雄歌集『季をわたる』二〇一五年）

昭和二（一九二七）年生まれの久泉先生にとって、昭和は文字通り「歴史を生き来し」の歳月であろう。先生は短歌に、その昭和の語り部としての役割を課せようとされている。それは短歌の記録性への認識から発していると思われる。

『昭和万葉集』（講談社　一九七九年―一九八〇年）と『昭和の記録―歌集八月十五日』（短歌新聞社　二〇〇四年）を引き合いに、戦時体験者が年々少なくなっていく現在、短歌で赤裸々な記録を残しておくことの意義が特に大きいことを強調されている。

「正史にはまったく残らないが、短歌には、時代とともに生きた、庶民の心やいきざまを歌い残すことができる。それが私の短歌を愛する大切な理由の一つとなっている。」（『窓明かり』桂書房　二〇〇三年）

この文章からは長い伝統を誇る短歌に対する先生の謙虚で真摯な姿勢が読み取れる。

久泉先生の文化人としての側面でもう一つ特筆すべきは、その活動の幅広さと深さであろう。それは『久泉迪雄著作・活動の記録―〈蒼穹〉から〈綺羅〉まで―』（桂書房　二〇一八年）が雄弁に物語っている。一人の歌人として、戦後の県歌壇を牽引されてきた記録のみならず、美術など分野を超えての幅広い活動が一目瞭然に記されている。そのことは平成十八年に創刊をみた「綺羅」の編集方針にも反映されている。「綺羅短歌の会」の会則には「現代短歌を中心に広く文化芸術の各分野を結んだ創作と交流を指向し、展開する。」と謳われている。先生の人脈の広さがそ

の支えとなっていると言えよう。

一方でいま、久泉先生の胸中を占めているのは「蔵書の行き先」ということではなかろうか。それは先生の個人的な問題としてではなく、広く富山県歌壇の将来を見据えての課題であり、願望としてである。

県歌人連盟が創立六十周年記念に発行した『歌壇総覧Ⅱ』(平成二十七年)で、先生は「短歌の家」(資料館)の建設を提唱されている。これは現実問題として、歌人が亡くなった後を継ぐ人がいないと蔵書や資料が散逸してしまうという事態が生じているからである。「短歌の家」構想はそうした中、県歌壇史の博物館的機能を果たし、歌人や短歌愛好者が立ち寄れる館を創設しようというものである。このことは短歌の記録性ということにも通ずる久泉先生の活動の集大成として強く願っておられるものであろう。

先生が自らの歩みを詠った一首を挙げる。

　人生を、おのれたのしむ術を知り
　　不覚にかさぬる遍歴重し
　　　(『季をわたる』)

久泉迪雄先生が不覚どころではなく、揺るぎない信念を持して築いてこられた文化・文芸活動の遍歴の記録は間違いなく重く、尊いものである。

(富山県歌人連盟会長)

久泉先生と私

中坪達哉

久泉先生と初めてお会いした日はいつであったろうか、と思い起こしてみる。三十年ほど前と思うが、お会いしたという言い方は正しくないかも知れない。ただ、近くに寄らせていただいた、というべきであろう。若輩の私には久泉先生は遠くて高い存在であった。先生は大勢の方々に取り巻かれて居られ、その御側に近づいてお話の一端をうかがうだけの私であった。

そのうちに先生にご挨拶をするようになったが、先生からはお会いする度に「いつも頑張って居られますね」と優しい言葉をいただいた。その言葉に救われもし、また励まされた。否、鼓舞されたと言っていい。自然科学から文学へと広範囲に、美術、工芸、教育など文化の発展に尽くして来られた久泉先生である。そんな先生から「いつも頑張って居られますね」などと言われると穴があれば入りたいような気持であった。もう本当に頑張るしかない、と鼓舞されたのであった。

富山県芸術文化協会の委員会などで先生の文化芸術振興のために身を挺する思いで臨まれる姿を目の当たりにして来た。それは歌人としての活動をはるかに超えたグローバルな視点と高邁な学究精神にもとづくものである。またご一緒させていただいている高志の国文学館での日本ペンクラブ富山の会が主催する「文芸サロン」でも親しくご高説を拝聴している。いずれも私には学びの場なのである。

久泉先生の立ち姿の美しさに惹かれている。いつお会いしてもそうなのである。とにかく泰斗としての気品ある物腰に私は圧倒されて来たし今もそうである。謦咳に接する幸せを感じている。

過日、文化団体の会合に出席の折、開始前のひと時をロビーで先生とご一緒した。窓外の富山城を眺めながら俳句の話となった。先生の方からの俳句談義であった。すなわち先生は俳句に関心があってご自身の御句を私に見せたいとのことであった。冗談といった雰囲気はなくて静かな中にも確かな口調であった。私はやや驚きながらも楽しいひと時となった。
私は先生の俳句作品が日の目を見ることを期待しているわけでも願っているわけでもない。そのまま沙汰止みとなってもいいのである。ただ、私としては久泉先生からそういうお話をお聞きしたという思い出だけで十分なのである。それはそれで、私にとっては貴重な先生との思い出なのである。宝物のような思い出がひとつ増えたということなのである。

声出して書をひもとけば春日濃し　　中坪達哉

（俳誌「辛夷」主宰・富山県俳句連盟会長）

森の月あかり

中西　進

これほど長く富山にいようとは思ってもいなかったのに、もう十年という歳月が目の前にある。

その中で久泉迪雄さんの存在も少しずつ重きをまして、もう長く旧知の人であるかのような存在となった。畏敬すべきその存在を、どう納得したらよいのか、時どき、ふとそう想うことがある。

この疑問が、少し融けたように感じた時があった。御著書『美のこころ　美のかたち』（桂書房二〇一四）の中に、画家大島秀信さんの個展に寄せたエッセイが収められている。その中で久泉さんは、大島が森を描く画面の中に、黒やブルーが湛えるかすかな明るさを、指摘する。そしてそれが「万物流転の相を凝視する画家の心眼」の光だと、言うのである。

成程、久泉さんは万事につけて、物が宿すこのかすかな明るさを、見つめようとしているらしい。その営為が、氏の万般の挙措となる。

わたしが久泉さんと逢うということは、この動作をまじまじと見つめることだったのかと、久泉さんとお会いすることの意味を、やっと了解した。

その凝視する物については、幸いさらに深く理解することができる。なぜなら、この文章には、つづけて短歌のお作五首があげられているからだ（三七七ページ～三七八ページ）。

月明はわが意思のさま清浄《しょうじょう》に針葉樹林蒼《あお》く研《と》がるる
森の瞳《め》となりて真夜照るしろがねの湖面愚直の永遠《とわ》のしずけさ
夜の森を抜けゆく時の間うつせみの曳きゆく影が跫音《あしおと》を立つ
ふかぶかに更けしずみゆく森の底　莞爾と憩う地霊かあらん

近づきて樹骸とは知るものの怪《け》の拒みて闇にけものみち絶ゆ

五首は、大島さんの森の画について、月明が針葉樹を蒼く研《と》ぐといい、月明で白銀色に光る湖面が森の瞳《め》となるという。また、うつせみの物の曳く影が跫音《あしおと》を立てる、森の底に憩う地霊がある、樹骸がものの怪《け》のように行手を遮って、けもの道が闇に絶える、と歌う。

要するに描かれた画から顕《た》ち現われてくる、地霊とももの怪とも知れず言い難き物の、月光の森の中のうごめきを、久泉さんは感じとっているのである。

もちろんそれは、大自然の深奥の森が月光を浴び、湖を白銀色に蘇《よみがえ》らせる時にだけ、姿を現わす。

しかしそれは、じつは人間が深く心の奥に抱く、母なる物かもしれない。孤愁なのかもしれない。生まれ出た者の宿命的な飢餓感かもしれないし、蘇りくれば、人間を素直に真実にさし戻してくれる物かもしれない。

それを久泉さんは、いつも心に宿している。だから、こうわたしを魅きつけるのに違いないと、いま思っている。

（高志の国文学館館長）

叡智と芸術の人 久泉迪雄先生

吉田　泉

久泉迪雄先生と初めて言葉を交わさせていただいたのは、二十年以上前になるかと思います。或る文学関係のシンポジウムに先生も私もパネリストとして呼ばれていました。シンポジウムが始まる直前に壇上横のスペースで待ち時間があり、横に先生がおられたと記憶しています。当時私は東京からのいわゆるUターン族で、縁を得て富山に戻って来ていましたが、務める大学以外の活動については特に何も決まってはいませんでした。芸術や文化の分野で何か故郷に恩返ししたいという気持ちはありましたが、さて、誰に何を聞いていけばいいのか五里霧中でした。

そんな時に、偶然久泉先生と会話させていただき、それまでいろいろと知りたく思っていた富山の芸術文化について、やっと具体的な形で質問できる機会がこのようにして生まれたのでした。

時間にしてそんなに長くもない問答でしたが、いろいろな団体や人物についての先生の知識や記憶が、余りにも整然とまるで引き出しの中から出てくるような様子に私は深く感銘したことを、今でもよく覚えています。そこには先生のお人柄の反映もあったかと思います。

つまり「いろいろな団体や人物」と今言いましたが、先生が話されるこれらの寸評からは評価や偏見が見事に取り除かれており、本当に気持ちの良い、またためになる情報がどしどし入ってきたものです。一目会って、私はそこに叡智を感じ、素晴らしい先生だと感動しました。

その後だいぶ年月がたってから、先生はご自身が富山県芸術文化協会の副会長をご勇退される時に、聞いたとこ

contribution

ろ後の空席に私を推輓されたということでした。とてももったいなく嬉しいことでした。

先生とは最初の出会い以来も、例えば県関係も含めて様々な諮問委員会等でお会いする機会に恵まれました。高志の国文学館の設立にかかわる委員会もそのうちの一つでしたが、先生は一貫して「郷土の文芸に光が当たる文学館であってほしい」と言い続けられてきました。今般の「久泉迪雄の書斎から―"悠かなり 富山の文化"」はそうした先生のご努力と夢の結実として、心から祝福させていただきたいと思います。

叡智だけでは人は生きられません。先生は日常的にあらゆる事柄を歌の題材とされ、例えば旅に出られた時などには何百首も創られると聞いています。歌は先生の生活そのものなのですね。オスカー・ワイルドの言を待つまでもなく、「自然は芸術を模倣する」のですから、先生が詠まれたようにこの自然は成り立っているのだと感じます。芸術なしでは生きられない人の姿がここにはあると、私は確信しています。

（一般社団法人富山県芸術文化協会名誉会長）

知の泉か　不思議を蔵した書斎

米田憲三

久泉迪雄氏は歌集だけでもすでに七冊を出版されている。順に挙げると『夕映』(昭31)、『冬濤』(昭61)、『久泉迪雄歌集―山河低唱―』(平1)、『塔映』(平2)、『遠近の眺め』(平成11)、『諷詠三百六十五日』(平23)、『季をわたる』(平27)となる。それぞれ独自で重い意味をもつが、ここでは内容と体裁から極めて珍しく、この作者でなかったら生まれなかったであろう特別な二冊について触れてみたい。

一冊は『諷詠三百六十五日』。題名からも想像できるように、ここには二〇〇一年(平13)の元旦から三百六十五日を一日も欠かすことなく詠み続けられた作品、一五一九首が収録されている。一日平均四首強のペースで詠み続けられたものである。歌集の「あとがき」には、この年を起点としての十年余の歳月が経過したとあり、「その志は途切れずに、作歌は、私の暮らしの句読点のようになりまして、今に続いております」とある。これはどんなに意志強固であろうとも常人にはなし得ることではない。

歌集は、全体として一応は歌日記風な形をとっているが短歌による日常の単なる生活記録ではない。毎日が題・日付・作品の三部分で構成され、題にその日の重要事項が短い言葉で集約され、作品は必ずしもその題に縛られることなく詠まれており、多彩な各分野で活躍をされている多面体とも言える著者が浮かびあがる。

もう一冊は『冬濤』。自選歌三十首を右ページに三首組で印刷し、左ページに版画家金守世士夫氏の多色刷り作品を飾った約三十余ページ、和紙造りという異色の歌集。弘前市の緑の笛豆本の会が発行した稀覯本である。私はこの一冊を久泉家を訪問した折、その書斎で押し戴くようにして受け取った記憶がある。確か平成に入ってからであった。

私が久泉氏に初めて会ったのは昭和三十年代の終わり頃。四十年代に入って県歌人連盟の幹事になったり、勤務先の富山工業高校と高岡工芸高校の文芸部の交流会を持ったり、県芸文協の仕事を通して先輩としての氏から多くを学ばせていただいた。だから必要あって何度か久泉家を訪問している。昨年も県内のどこを探しても見つからなかった資料を久泉家の書斎で手にした。コロナ禍で騒がしくなる前の一月であった。目的の古い短歌雑誌、その他はすぐ出てきた。ついでにこんなものもあるよと出されたのは昭和二十年十月発行の「文藝春秋」であった。驚いたことにその誌には、わが師の齋藤史が戦後いちはやく詠んだと思われる「愛《かな》しき国土《くにつち》」(五首)が掲載されていた。『齋藤史全歌集』には載っていない作品である。いつもこんな風で、整然と整理されつつ不思議を蔵した書斎なのである。

　これは久泉氏本人についても同様なことが言える。文系理系に関係なくマルチで、その引き出しの多さにますます畏敬の念を深くしている。

(富山県歌人連盟名誉会長)

第一章
美のこころ 美のかたち―風土が育んだ清冽な文化

久泉迪雄は、画家の両親のもとに生まれ、数学・工学の教員を経て、富山県立近代美術館、高岡市美術館の創設に関わり、富山の美術文化にじかに触れ、その生きた姿を文筆により記録してきた。『美のこころ 美のかたち』(桂書房、二〇一四年)には、富山の風土が育んだ美が、生き生きと綴られている。本章では、久泉迪雄が本企画展に際して選んだ美術作品について、思い出深い作家とのゆかりを、自身のことばによって紹介する。

久泉迪雄のことば――

筆者と前田常作さんとの出会いは、一九四三年(昭和十八年)に遡る。

富山県下新川郡椚山村(現・入善町)の村長だった彫刻家長島勝正さんが、筆者の父・久泉共三のもとへ、前田さんをお連れになっておいでになった、その時からのご縁である。当時筆者らは富山市西田地方町の富山地方裁判所前に住んでいた。裁判所の南側に隣接して富山県師範学校男子部(後の富山大学教育学部)があり、前田常作さんは同校に合格して、同校の寄宿舎にお入りになったのだった。(略)描き溜めた作品を持って「ときどき批評、指導を」との依頼をされ、前田さんを父に紹介されたのである。当時はすでに太平洋戦争のまっただ中であり、そろそろ物資の供給が滞りはじめる頃であったから、前田さんが父への束脩として、自家産のお米を持参されたのを、父母がたいへん喜んでいたことを記憶している。

前田さんは一九二六年(大正十五年)七月のお生まれ、筆者は一九二七年(昭和二年)七月の生まれだから、二人はほとんど同世代ということになる。初めは父の門弟としてまみえ、後には美術館の活動を通じて、また前田常作後援会の一員として、終生にわたる交友が続いたのは、まことに冥加なことと言わねばならない。

富山県立近代美術館の時代、また高岡市美術館の時代、筆者はことあるごとに東京・国立市のアトリエ、のちには武蔵野美術大学学長室へと足を運び、前田さんの制作の雰囲気にひたるとともに、美術館活動についてご助言、ご協力を頂いてきた。前田さんのお宅にあるアトリエでは、多く奥様の手厚いおもてなしを頂きながら、四方山話を交わし、また取材・制作の裏話をお伺いしたものである。

(「前田常作―生の根源への遡及と曼荼羅の世界」『美のこころ 美のかたち』より)

前田常作 1926-2007
大岩不動尊出現幻想図
1981年
アクリル・キャンバス
富山県美術館蔵

久泉迪雄のことば――

大島秀信さんと、親しくお付き合いをさせていただくようになったのは、富山県芸術文化協会設立の前年、一九七一年（昭和四十六年）からのことだから、もう十五年ほどの時が流れている。それ以来、とりわけ心をこめて、作品のかずかずを拝見してきた。

大島さんの芸術の第一セクションは、やはり〈森〉のシリーズである。対象としての森を、単に風景として描くのではないことは言うまでもない。制作のテーマ、モチーフとして、常に大島さんを駆り立てるのは、人間と共存し、人間の存在を支えている、大自然の摂理であろう。

〈森〉を描く画面の黒やブルーのトーンの深遠に湛えるかすかな明るさに、希求のような、自然に対する大島さんの存念を思わずにはおれない。いわばそこに知覚を越えて、万物流転の相を凝視する画家の心眼が光っている、とも言えようか。

筆者の短歌作品に、「月明の森」と題する一連二十首がある。その制作の動機は、実は大島さんの描く〈森〉の幾点かを見つづけるうちに、おのずから醸成されてきた詩想なのであった。いまここに敬愛のこころを込めて、そのことを白状して、ここにその中の五首を抄出させていただく。

月明はわが意志のさま清浄《しょうじょう》に針葉樹林蒼《あお》く研《と》がるる
森の瞳《め》となりて真夜照るしろがねの湖面愚直の永遠《とわ》のしずけさ
夜の森を抜けゆく時の間うつせみの曳きゆく影が跫音《あしおと》を立つ
ふかぶかに更けしずみゆく森の底　莞爾と憩う地霊かあらん
近づきて樹骸とは知るものの怪《け》の拒みて闇にけものみち絶ゆ

久泉迪雄

（「大島秀信――〈森〉への思念とその軌跡」『美のこころ 美のかたち』より）

大島秀信 1928-2014
樹間
1983年
紙本彩色
富山県美術館蔵

久泉迪雄のことば――

夏には色とりどりの水着と華やいだ歓声で賑った雨晴海岸も、冬には誰もいないもの淋しい光景となる。雪の降り積った砂浜と、打ち捨てられた数隻のボート。静かに岸辺に打ち寄せる碧い波。こんな何気ない風景に美しい女性の瞳と、何人のものともわからない足跡を描き込むことによって、突然に幻想的空間が誕生する。まるで甘く哀しい映画のラスト・シーンを見ているような……。

海はくろずんだ大きな釜底のやうに、どつしり地にくい込んで置かれてあるやうに、しかも、渚はずつと白い波の穂で長い線を波止場までつづけてゐた。ひと口にいへば、凪いでゐるやうで、しかも底全体がこほうこほうと遠鳴をつづけてゐて、それがこんもりと立山連峰と能登半島とに抱かれてゐるやうな位置にあるので、ことに、重々しく憂鬱に鳴つてゐた。沖には漁火の灯があつた。（室生犀星『美しき氷河』）

（「山河壮なり――立山連峰――」『美のこころ 美のかたち』より）

前田常作「大岩不動尊出現幻想図」、大島秀信「樹間」、三尾公三「冬の視角」は、「富山を描く――一〇〇人一〇〇景」展（富山県立近代美術館、一九八三年）出品作品。久泉は、学芸課長として事業に携わり、図録に「事業経過からの報告」を執筆した（『美のこころ 美のかたち』所収）。

三尾公三 1923-2000
冬の視角
1980年
アクリル・合板
富山県美術館蔵

久泉迪雄のことば――

さまざまの経緯を経てのち共三は、東京での活動を締めくくり、郷里である富山県に活動の場を移すことに決め昭和六年、高岡市に帰り住むことになった。

その直接の原因は、やはり画壇の人間関係であったろう。そしてまた、郷里の要路の知友たちへの懐旧の思いではなかったろうか。帰郷すると、早速に「久泉共三画伯作品頒布会」を組織してくれる富山の政財界の人たちが居り、また翁久允の「高志人」をめぐる富山の有識者たちの交遊地図が自然に生まれ、また絵を描きたい人たちが集まって、共三とともに絵を描く仲間たち「玉翎会」「富山洋画協会」の集団が結ばれることになる。（略）

ただ時代は「軍国日本」への不幸な道をたどりつつあり、やがてかの敗戦にまで到りつくのであるが、いま客観的に共三の歩んだ戦中戦後を思うとき、それなりに充実した活動を成し終えたのではなかったか。そして、それを支えてくれた多くの知友の存在を、今は亡き父・共三に代わって、こころから感謝したいという、息子としての思いに駆られるのである。

なお晩年の一時期、東京の旧知の人たちの誘いに動かされ、共三は鎌倉市に住んで制作に没頭する時間を得たほか、東京の老舗・兜屋画廊主（吉井長三）の知遇を得て、同画廊で父共三も母すまも、ともに個展を開催する機会に恵まれ、そこでは出品作品がことごとく売れたのは、まことに仕合わせなことであった。

そしてまた一九九一年（平成三年）には、高岡市美術館の企画で「高岡近代洋画の先覚者たち」展が同美術館で開催され、若き日の同行、改井徳寛・村井盈人・雄山通季とともに作品が展示されたのは、まさに望外の幸せであった。

（「久泉共三のこと」『美のこころ 美のかたち』より）

久泉共三 1899-1993
花
1965-1974年
油彩・カンヴァス
高岡市美術館蔵

久泉迪雄のことば――

春陽会の発足のころ、東京・西巣鴨の中川一政のアトリエは、中川を慕う若手画家たちの来往が繁く、いつ訪ねても誰かが来ていて、あたかも美術サロンのような雰囲気が満ちみちていた。中川夫人暢子はまた明るい性格の人で、そういう来訪者たちの面倒見がよかったのが、なによりのことであったらしい。

安藤すまと久泉共三との出会いは、当然ながら、そういう中川邸でのことであった。春陽会の第一回展で第一回春陽会賞を受けた共三。そして三岸節子とともに厳選の同展初入選を果たした安藤すまに対する仲間たちの関心は、やはりかなりのものであったろう。

ふたりの結婚は、そういう雰囲気の中で、ごく自然に進行したものらしい。そして結婚に踏み切る直接のきっかけは、当人同志の思いとは別に、すまの師山本鼎が中川一政に持ちかけ、二人で月下氷人の役を買ってでたところにあったという。（略）

父と母は、画室とした部屋に、画架をならべて絵を描いていた。二人はそれぞれに違った個性をもっていたから、描かれる作品は、当然ながら同じではない。互いに教えあったか、作品を批評し合ったかどうかは、残念ながらよく分からない。

ただ言えることは、あくまで父が主人公であり、母は父の機嫌を損じないように気をつけながら、つましく制作の意欲を画面に表していたようである。絵は描き続けていたが、春陽会展への出品は、結婚後は当然のように止めてしまった。共三は、そのことを当然のように、見ているだけだったらしい。時おりは、出来た作品に対して批評のようなことを言ったらしいが、展覧会へ出品させることはしなかった。母もそれを当然のように考えていたらしく、ただ出来のよい作品だけを残し、それを時おりは、自分の姉妹や親友たちに贈ったりしていた。

（「久泉すまのこと」『美のこころ 美のかたち』より）

久泉共三「花」、久泉すま「弥生丸壷の椿」は、久泉迪雄より高岡市美術館に寄贈されたものである。

久泉すま 1903-2001
弥生丸壺の椿
1965-1974年
油彩・カンヴァス
高岡市美術館蔵

久泉迪雄のことば──

私が先生に初めてお目にかかったのは、一九四二年（昭和十七年）にさかのぼる。私は当時、富山中学校の三年生であった。

浅井景一先生が拙宅（富山市西田地方町）へおいでくださったのは、父・久泉共三が中心になって結成されていた富山洋画協会のメンバーとしてであった。（略）

もちろん中学生の私が、おいでになる各氏に直接お目にかかる訳ではない。ただ展覧会になると、父の命で、私は会場まで絵を運ぶ手伝いをした。それで自然に各位から声をかけられ、親しくなっていったのである。その中で、とりわけ子供の私に親近の気持ちを抱かせたのが、浅井景一先生であり、長島勝正先生であった。（略）

先生の現場主義は徹底している。（略）

例えば先生の好んで画架を立てられた、劔岳への道、早月川沿いの伊折から馬場島への構図にしても、つぶさに拝見するとき、作品によって微妙な息遣いの違いがあることに気が付く。それは敢えて違えて描かれたのではなく、その時々の、真剣な自然との対話の中から、先生が掬いとられた「その時」だけの自然の真実がとどめられているのだ、といえよう。

同じ対象でも、見るたびに違っている。このことは、何でもないように思えて、実はきわめて大切な、創作者の態度ではないだろうか。私達は、ともすれば多彩を求め、多岐をもとめて、表面的な図柄の変化だけに芸術家の変容を期待しているのではないだろうか。もちろん浅井先生の絵の題材が、狭い範囲にとどまっている、といっているのではない。先生の絵の取材は、静物、自然、人物など、けっこう多彩である。しかし、例えば好んで先生が描かれた画材の紫陽花、その一点一点は、うっかり見ると手慣れた筆致で同じように描かれているように見えるかもしれない。でも私達はそこに、描くたびに、まったく新しい題材に向かう気持ちで、色や光や生命感のありようを凝視して絵筆をにぎっておられた、先生の作画態度を見なければならないのだろう。

（「ある日の浅井景一」『美のこころ 美のかたち』より）

浅井景一 1902-1988
白いつるばら
1979年
油彩・カンヴァス
高岡市美術館蔵

久泉迪雄のことば――

　富山県立近代美術館に勤務していた頃のある日、橋本博英さんから、一通の手紙をいただいた。その内容は、浅井景一先生の業績を忘れずに、そのための尽力をと、筆者の尽力を促す内容だった。

　筆者は、博英さんが富山市の芝園中学校三年に在学していた一九五〇年（昭和二十五年）に同校に着任したご縁を持つ。当時、博英さんは美術部に属して、早くも才能を発揮し始めていた。顧問の網谷喜作先生が目を細めて、彼の素晴らしい資質を賞揚していたことを思い出す。その時以来、筆者も網谷先生同様に、彼の画家としての才能と作品に惚れ込んだ一人であるのは当然である。

　芝園中学校から富山中部高等学校へ進んだ博英さんは、当然のことながら美術部員となり、顧問の浅井景一先生に就いて、才能を磨いていった。博英さんは心の篤い人で、孤高の画家浅井先生に師事した恩を忘れず、単に恩返しというのではなく、浅井先生の画業に深く敬愛の真情を寄せておられた。（略）

　高岡市美術館に奉職することになった筆者は、博英さんの画業にいたく関心を深めていたから、ぜひ「橋本博英展」を実現したいものと思った。博英さんの足柄のアトリエを幾度も訪問して、学芸スタッフとともに、その展覧会は実現することができた。「光と風のコンチェルト――橋本博英」展は一九九七年（平成九年）八月、高岡市美術館を手はじめに東京・名古屋・大阪の各地で開催され、多くの愛好者の絶賛を浴びた。その出品作品から選んで、博英さん独自の画境が結実している代表作三点は、いま高岡市美術館の収蔵するところとなっている。

（「忘れ得ぬ業績とお人がら――橋本博英さん」『美のこころ 美のかたち』より）

橋本博英 1933-2000
５月の丘
1997年
油彩・カンヴァス
高岡市美術館蔵

久泉迪雄のことば――

身近にある、ということは、改めて何かを書くとなると、これほどむずかしいことはない。そう思いながら今、しきりに松倉唯司さんの作品を思い浮かべている。（略）

作品を見ているうちにやがて、そくそくと伝わってくるのは、松倉さん自身の息遣いである。悠久の時の流れにくらべれば、ほんの一瞬をたたずむに過ぎないような、私たちの生命。松倉さんの作品に描かれた風景のなかにとどめられているのは、いわば、そういう永遠の時の流れのなかにたたずむ、私たち一人一人にとっての〈静止している時間〉なのではあるまいか。

お人がらから、また当然の力量から、推されて多くの役職もこなしておられる松倉さんだが、あらためて制作におけるその孤高を思わずにはおれない。

見る側に訴えてくるもの――やがてそれは画家にとって〈作風〉とか〈個性〉とか言われるものになるのであろうが――松倉さんの画家としての生き方の姿勢として、筆者の思いに浮かびあがってくるのは、まさに永遠の〈時〉の流れに果敢にも挑戦して、永遠なるものを見据えようとする求道的、哲学的志向である。そしてそういう志向の成果として、松倉さんの一点一点の制作は存在する。

さらに、そういう挑戦の成果として作品が、かたくななまでに頑固に妥協を許さない制作姿勢にもかかわらず、見るものの心にしみじみとした親近感を抱かせ、やさしみにみちて忘れがたい印象をのこすところに、松倉さんの画家としての個性と特質があるように思えるのである。

（「松倉唯司――永遠の時を見すえる志向」『美のこころ 美のかたち』より）

松倉唯司 1929-2020
村の人
1978年
油彩・カンヴァス
高岡市美術館蔵

久泉迪雄のことば――

玉翎会は、久泉共三を中心に結成（昭和十五年）、第一回展を富山市の宮市大丸（現・大和富山店）で開催、同人は久泉のほか杉原重治・奈賀隆雄・桑守即慧・中田栄一・島正雄・和田節子・中川のぶ子の八人だった。この会は結成の翌年、新たに浅井景一・楠本繁・改井徳寛・長島勝正・田近政二・沢田幸次・高田治憲らを加えて富山洋画協会と改称、富山文化協会の活動と連携しながら、戦争で展覧会開催が不能になる直前の昭和十八年まで活動を続けた。この会に長島勝正が紹介した最新進の二人が前田常作・南桂子である。戦後の大成を誰も予想しなかった、若き日の才能の開花である。

（「富山の美術　絵画・彫刻の流れ」『美のこころ 美のかたち』より）

そして、もう一つの視点として書いておきたいことは、富山の美術史を構成するに際し、単に県内在住作家の動きだけを追うものであってはならない、ということである。（略）主流として盛り込まれない孤高の作家の存在がある。また富山ゆかりの作家で活動の場が多く富山を離れ、また海外であったりする場合がある。無作為に上げるとすれば金山康喜・尼野和三・南桂子・橋本博英・堀浩哉らの存在である。そして更にさかのぼれば、林忠正や瀧口修造らの存在と、その存在が富山の美術にどのように影響をもたらしているかの視点がある。

（「富山の洋画史　ことはじめ」『美のこころ 美のかたち』より）

南桂子 1911-2004
少女と木
1968年
油彩・カンヴァス
高岡市美術館蔵

第二章

いい人いい言葉との出会い――書斎の書画と書簡の物語

「日々、多くの人に出会う、その時にその機会を生かすか生かさないか、それはやはり考えてみると私たちの生き方の姿勢にかかわるのではないでしょうか」（『いい人いい言葉との出会い』より）

久泉迪雄の書斎は、人とことばとの出会いの記憶がつみかさなり、新たなことばが生まれる場所。父との縁も深い美術家や文人たち、教師として、また、富山県芸術文化協会の活動に関わって知遇を得た人びと、富山の歌人たち、ゆかりの歌人たち。折々に出会った人からのことばを大切にしてきた。書斎に大切に保存されてきた書画や書簡を、その出会いの物語とともに紹介する。

父の縁・美術を通じて出会った人びと

久泉共三（一八九九～一九九三）寒菊図　制作年不明　紙本彩色

久泉迪雄の書斎に所蔵される父・共三の作品。画家の両親のもとで、美術は常に親しい存在であった。

ふるさとに帰りてともかく画業終えし父なりもって佳しとなさんか

アトリエに画架を並べて描きいる父あり母あり　ひとつ構図に

（『後集』）

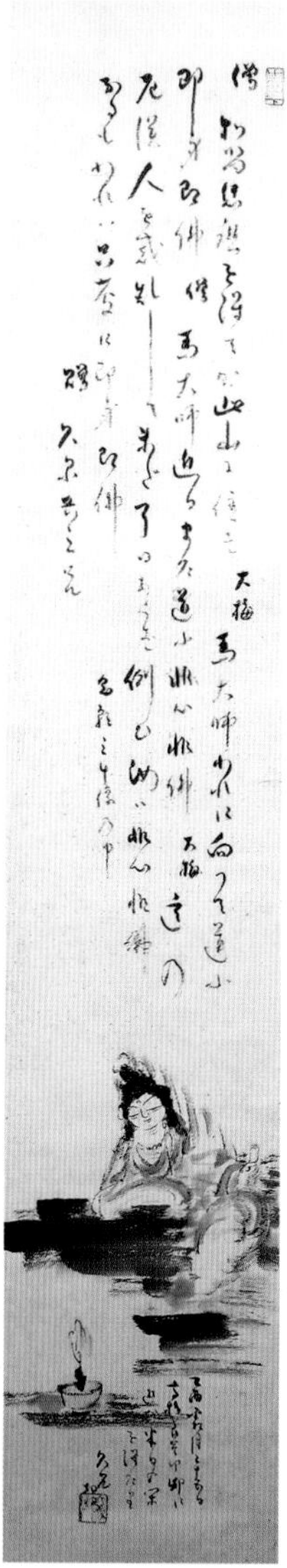

翁久允（一八八八～一九七三）〈観音像〉一九四五年　紙本墨筆

翁久允は昭和十一年（一九三六）、郷土文化誌『高志人』を創刊、主宰し、文人たちとの交流を通じて戦前戦後の富山の文化を牽引した。上新川郡東谷村出身。戦中に三千像の釈迦・不動・観音を描く願を立て多くの知友に贈った。本作は久泉共三に贈られた観音像。若き日は父共三の使いとして、後には富山県歌人連盟の用務で翁邸をしばしば訪問した。

翁邸にしげしげ通いし若き日の回想うたたに土手したの径

高志人社界隈（『諷詠』）

棟方志功（一九〇三～一九七五）（柿図）
制作年不明　木版・紙
棟方志功は、昭和二十年（一九四五）、福光町に疎開し、約七年を過ごした。久泉共三とも親交を持った。

棟方志功 この川をわたくしは好きですネ
一九四八年頃　木版・紙　南砺市立福光美術館蔵
棟方が河童伝説を聞いて名づけた「瞞着川」を題として制作した「瞞着川板画巻」（一九四八年）の一点。久泉迪雄は、平成二十七年（二〇一五）に、本作を含む三点を福光美術館に寄贈した。

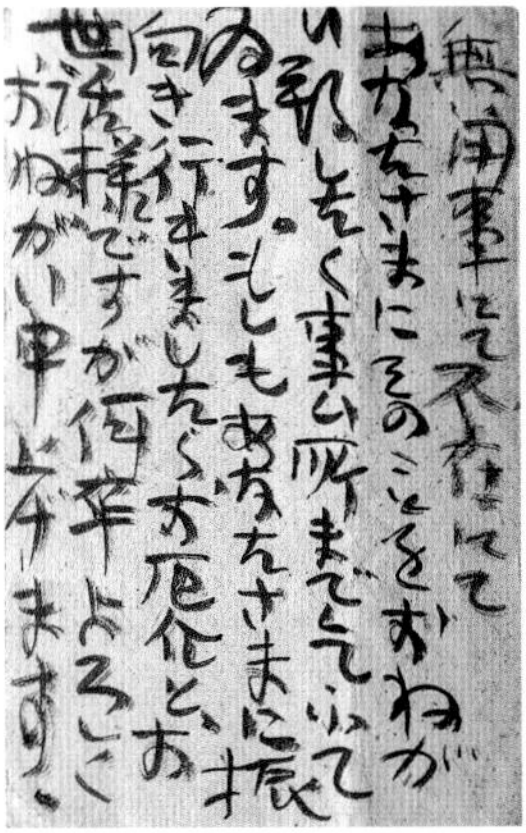

棟方志功 久泉共三宛官製葉書
一九四七年十月四日消印　南砺市立福光美術館蔵
久泉共三は、昭和二十年（一九四五）八月二日未明の富山空襲で自宅を全焼。富山地方鉄道重役で俳人の高橋良太郎の配慮で、新川郡加積村四屋に家族とともに疎開していた。内容は、昭和二十二年（一九四七）十月下旬から金沢で開催された第一回北陸美術展覧会の審査員について、「わたくしは丁度その頃ヨンゴロ無用事にて不在にてあなたさまにそのことをおねがい致したく事務所まで乞ふてゐます」とあり、共三に引き受けてもらうよう依頼している。久泉迪雄寄贈。

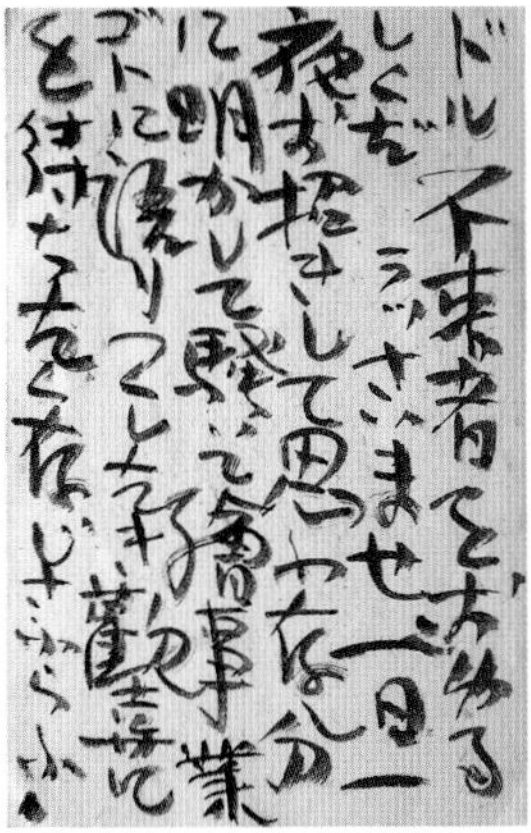

棟方志功 久泉共三宛官製葉書
一九四七年十月四日消印　南砺市立福光美術館蔵
「お家の重寶をブンドル不束者をおゆるしくだラッさいませ。一日一夜お招きして思ふ存分に明かして騒いで繪事業ゴトに語りつくしたき歓喜を待ちたく存じさふらふ」。
共三から何かを譲り受けたらしいことが記され、風見鶏の絵が描かれている。また、今度は、志功が共三を招きたいとある。高橋良太郎宅に招かれ、共三と楽しい時間を過ごした礼状であるという。久泉迪雄寄贈。

松永真（一九四〇～）祝宴　一九九六年　シルクスクリーン　共同印刷株式会社

松永真は、日本を代表するグラフィックデザイナー。東京出身。昭和六十三年（一九八八）、第十二回ワルシャワ国際ポスタービエンナーレで金賞、名誉賞を受賞。受賞者発表の場で、ポスターによる国際交流事業のために富山県立近代美術館副館長として出席していた久泉迪雄と出会う。後に、久泉が初代館長を務めた高岡市美術館の開館に際し、シンボルマークなどのビジュアル・アイデンティティ及びオープンポスターのデザインを手がけた。平成八年（一九九六）、高岡市美術館で「グラフィック・コスモス―松永真デザインの世界」展が開催された。

いつきても松永真《まつながしん》の作〈少年時代〉シンボル永久《とわ》に親しみの像

（『とやまの博物館・文化施設を詠む』）

前田常作（一九二六～二〇〇七）星マンダラ
一九八九年　リトグラフ

下新川郡椚山村生まれの画家。曼荼羅画により広く知られる。昭和三十年（一九五五）、瀧口修造の推薦により、タケミヤ画廊で初めての個展を開催した。久泉とは、戦前の出会いから、終生の交友が続いた。平成元年（一九八九）、富山県立近代美術館で「前田常作展」、平成十四年（二〇〇二）、高岡市美術館で「前田常作展　一九五六―一九七二」が開催された。久泉は平成十四年に高岡市美術館館長を退任したが、本展は、在職中から開催を志したものであった。図録には大岡信が詩「前田常作論―マンダラ風スケッチ」を寄稿している。

前田常作　大阪にして客死せしとぞ暗澹とことしの干支など関わりなきや

青年の時代ゆ今に交わりの永きを思う画家ひとり　曼陀羅の画家

（『後集』）

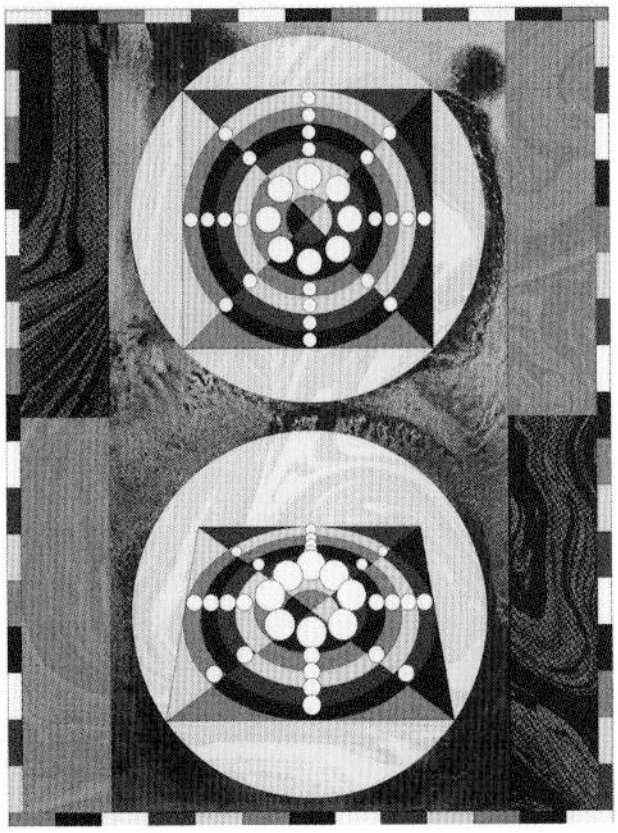

金守世士夫（一九二三～二〇一六）湖山〈白華〉
制作年不明　木版・紙

高岡市生まれの版画家。福光に疎開中の棟方志功に師事した。

久泉迪雄歌集『冬濤』は、限定一五〇部。特漉和紙を使用し、偶数頁は活版印刷による久泉の短歌三十首、奇数頁は金守による木版画十点で構成されている。

久泉迪雄（短歌）、金守世士夫（版画）
『冬濤』（緑の笛豆本の会、1986年）

松倉唯司（一九二九～二〇二〇）〈少女〉
制作年不明　パステル・水彩・紙

下新川郡荻生村生まれの洋画家。

本作品は『紫苑短歌』第一二六～一三〇号（一九九七年二月～一九九八年三月）の表紙を飾った。

歌誌『紫苑短歌』、久泉が現在主宰、発行する『綺羅』をはじめ、『富山をうたう』、『とやま短歌ごよみ』、『遠近の眺め』、『窓明かり』など、久泉迪雄の著作の表紙装画、挿絵、装幀を数多く手がけた。久泉はその逝去に際し、次のように記している。「綺羅短歌会創立に主体的に参画、「綺羅」の編集、装本に叡知を傾けた。七月十五日逝去、九十一歳。久泉とは親子二代にわたる無二の親交を重ねた。」（『綺羅』第四十九号より）

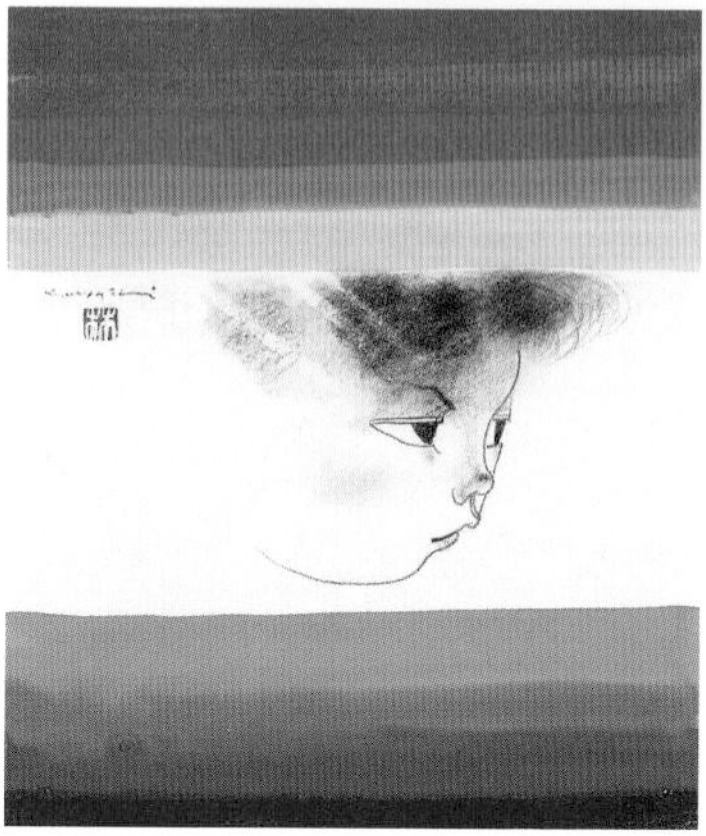

林清納（一九三六〜）少女
制作年不明　木炭・彩色、色紙

東礪波郡柳瀬村生まれの洋画家。「5人展」の一人。

久泉は、林の個展に際して次のように述べている。

「私は、芸術には国境がない、ということは当然だとおもいます。しかしまた、それとともに、芸術家には祖国があり、故郷がある、ということに、思いを致すひとりであります。

林さんの仕事と芸術追及の背景に、作家が意識するとしないに拘わらず、私がいい意味での『風土性』を感じている、といっては、当たらないでしょうか。砺波の、あるいは富山の自然風土に根差した、そしてそのことが、とりもなおさず国際的に、林さんの芸術が他の追随を許さぬ、個性となっていることを信じたいと思います。なまなかな追求からはこうは申せません。林さんはまさにそのことを言い得る数少ない芸術家のひとりだと思います」

（『美のこころ 美のかたち』より）

鶴谷登（一九四〇〜二〇〇七）輪舞
一九八八年　シルクスクリーン、色紙

高岡市生まれの洋画家、版画家。大島秀信、頭川政始、野上祇麿、林清納とともに、北日本新聞社主催「5人展」の一人。

「5人展」は、昭和四十四年（一九六九）に第一回を開催。平成四年（一九九二）、頭川政始が病気療養で辞退、翌年逝去し、「4人展」となり、第三十回まで開催。一旦活動を終了したが、平成十六年（二〇〇四）に「5人展」として復活。平成二十七年（二〇一五）に大島秀信追悼展を開催して活動を終了した。鶴谷は、第六回から「5人展」に参加。平成十九年（二〇〇七）逝去。金沢美術工芸大学の先輩である林清納は、『わが半生の記』第七巻（北日本新聞社、二〇〇八年）において「鶴さんのこと」を執筆し、その画家としての人生に深い共感を寄せている。

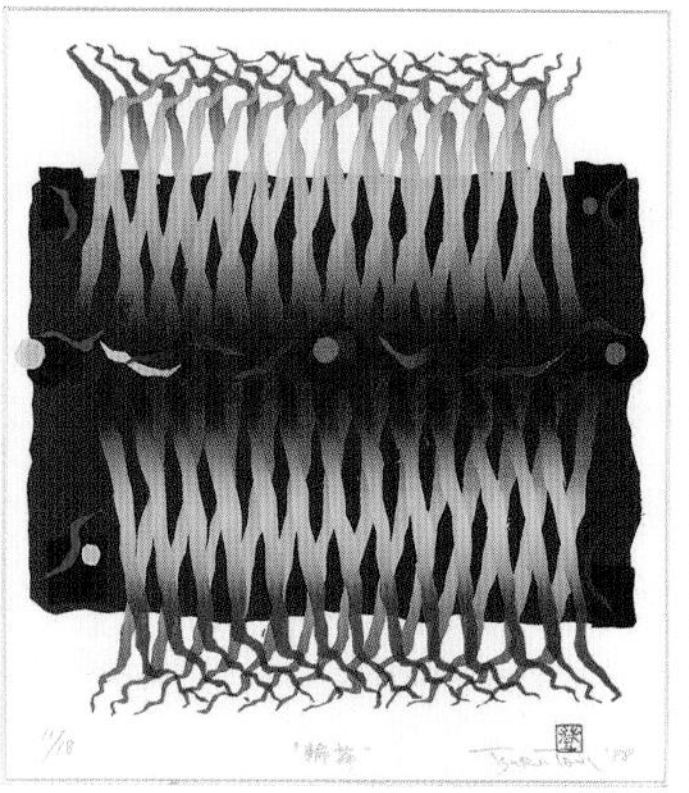

物故せし画家の温容顕《た》たせつつ今に生きいる
筆致に対《むか》う

故鶴谷登氏・頭川政始氏（『諷詠』）

野上祇麿（一九三〇〜二〇一七）花
制作年不明　油彩・カンヴァス、額

洋画家。射水郡下村の加茂神社神官の次男に生まれる。「5人展」の一人。

本作は、久泉が書斎の壁面にいつも飾っている額装作品。

平成五年（一九九三）、福野文化創造センターで開催された「野上祇麿展」開会式挨拶の中で、久泉は次のように述べている。「〈毬〉と同様に、その色彩の重なりは、野上さんに伺いますと、〈旗〉のイメージであるとのこと。私はハタと思い到りました。祭りの日、神社にはためく大きな幟。それが空間を揺れ動かし、光を反射して、さまざまな色彩のダイナミズムが、見るもののこころをかき立てます。野上さんの記憶の風景は、たちどころに見るものの記憶の風景を、さながらに、呼び覚ましてくれるのではないでしょうか。」

（『美のこころ 美のかたち』より）

齋藤清策（一九二〇～二〇〇九）午歳
二〇〇二年　彩色、色紙

　東礪波郡青島村示野生まれの日本画家。本作は干支を描いており、平成十四年（二〇〇二）年初の作。

　久泉は「齋藤清策―戦場からの生還と華麗な画法」（『美のこころ 美のかたち』）において、齋藤が、好きな絵の道に進むことができず、農家の長男として働き、戦時中は、富山の歩兵第三十五連隊に入りパラオ作戦で負傷しながら九死に一生を得るも、再び戦地に赴き、満州で終戦を迎え、シベリアに抑留され、昭和二十三年（一九四八）復員、父も弟も亡くなり母一人が遺された故郷で、母を支え、農業に従事しながら、夜は絵筆を握り続けた壮絶な若き日の姿を記している。昭和二十九年（一九五四）、井波の彫刻家の勧めで日展に初出品して入選。以後活躍を続け、富山の画壇の発展と後進の育成に力を尽くした。

横山豊介（一九三〇～）久泉迪雄宛葉書
一九八二年七月十七日消印　インク・木版、葉書

　東礪波郡井波町生まれの彫刻家。葉書は、「北日本美術賞授賞の際には早速と御祝詞有難う御座居ました」とある。木版刷り獅子舞図、署名「豊介」。

　横山は、井波の工房で、木彫刻工芸高等職業訓練所の学生を住み込みで育成。久泉はその志をこう記す。「『徒弟制度』といえば、現代では否定されるべき性格のものとされるらしいが、果たしてそうだろうか。かのドイツにおけるマイスター制度の伝統は、いまに、こころある人々の関心を呼んでいる事実にも思いいたる。理屈で匠の技は、決して教え切れるものではない。とすれば、師弟同行。親方衆の生きざまに触れながら、技とこころ、技に生きる心意気、そのままをじかに学びとらせるほかはない。かくして、家族ぐるみで訓練生の生活の面倒を見、月々の給与を支払ってやり、そのうえに匠の技を教えるという営みが、ながく井波の地に息づいてきたのである。」（『美のこころ 美のかたち』より）

彼谷芳水（一八九九～一九九四）雀
制作年不明　彩色、色紙

　高岡市生まれの漆芸家。久泉は前田常作展に訪れた彼谷の姿を次のように記す。

「まさに名匠、名作のこころを語る。漆芸の名匠九十翁、その鑑賞のお姿は、まことに心に沁みた。彼谷さんは語る。

『まさに仏縁だね。前田さんに、仏様が乗り移っている。曼荼羅の功徳、功徳無量だ。もちろん前田さんの力量が、これだけの仕事を成就させた。それは判っています。しかし前田さんだって、きっと仏縁、仏恩を肝に銘じていらっしゃるに違いありません。ああ、有り難い、有り難い。』

　彼谷さんの口について出ることばは、真率そのものだった。優に三時間。一点一点をつぶさに凝視し、近づいて離れて、去りがたい思いを噛みしめながら、本当に心を込めての鑑賞だった。」

（『美のこころ 美のかたち』より）

喜雀庵　彼谷芳水先生の住まいにて小窓に出で入る雀あまたの

（『後集』）

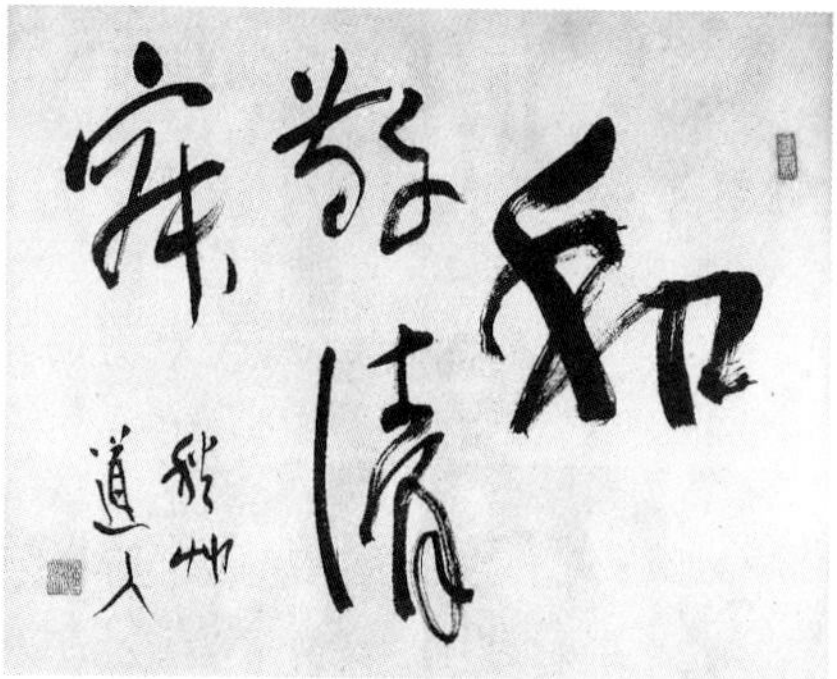

會津八一（1881～1956）書「和敬清寂」

漆芸家の山崎覚太郎は、富山市出身。富山県立近代美術館創設時の相談役の一人であった。久泉が用務で山崎邸を訪問した際、壁面を飾っていた秋艸道人會津八一の書について話題にしたところ、山崎は、これを君に譲ろう、と言ったがそれきりであった。山崎の没後、本作を譲るとのメモ書きが見つかった、と子息から連絡を受け、数奇な運命を辿って久泉の書斎にやって来た作品である。

直筆を書斎に掲げて秋艸道人　われの思索の原点とする　（『季』）

剛直の先生なればか恐れられ居たるもうわさの先生に対す　山崎覚太郎先生（『諷詠』）

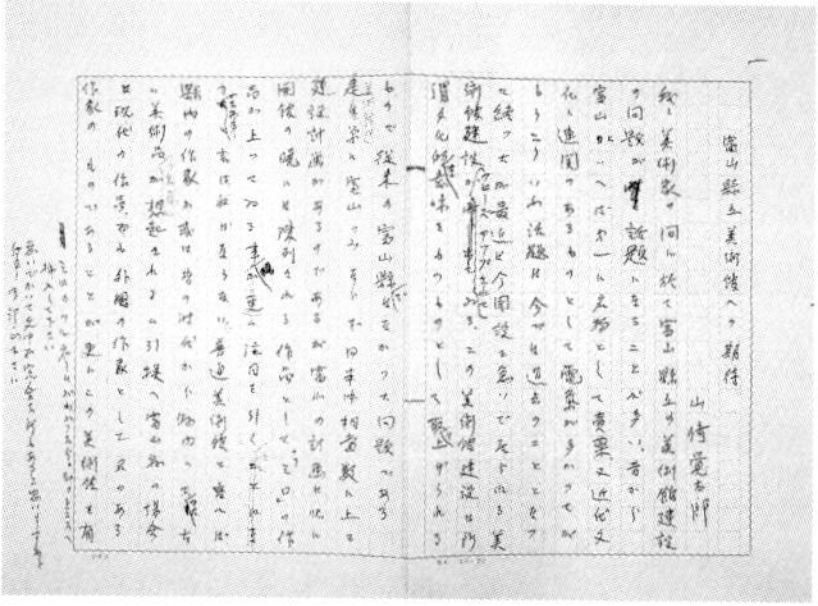

山崎覚太郎（1899～1984）原稿「富山縣立美術館への期待」『県立美術館へのいざない―美術館収蔵作品展』所載

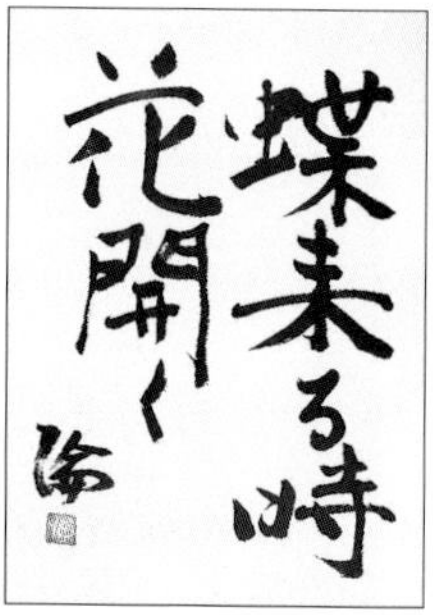

河北倫明（1914～1995）書「蝶来る時花開く」

美術評論家。富山県立近代美術館相談役の一人。福岡県出身。

「京都国立近代美術館長として永らくの在職もさることながら、ふるさと富山にとっては、富山県立近代美術館（現・富山県美術館）創設期の最高リーダーとしての業績を忘れることが出来ない。仕事を通じて親しくその謦咳に接した日々が懐かしい。」（『墨林抄47』『綺羅』第四十九号より）

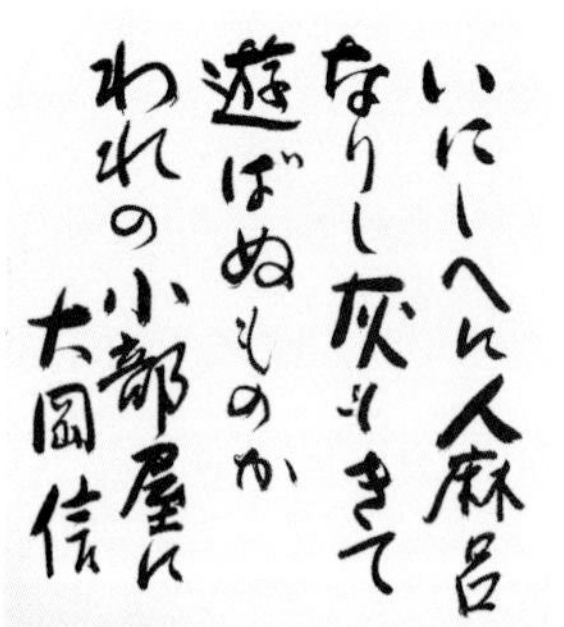

大岡信（1931～2017）書「いにしへに人麻呂なりし灰もきて遊ばぬものかわれの小部屋に」

詩人、評論家。富山県立近代美術館相談役の一人。瀧口修造の推薦により就任。静岡県出身。

「逝かれてもう二年、二〇一七年四月五日が忌日である。美術館の顧問としての知遇を得てから長く親交を載き、先生の取材のお手伝いなどをさせて頂いた得難い御縁がある。先生の書斎でお話を伺った時間が忘れられない。一首は、富山のホテルで書いて頂いたもの。筆者の書斎に掲げて毎日拝見し、追慕の思いを深めている。」（『墨林抄44』『綺羅』第四十六号より）

大岡信すこやかなれと地図にたどり裾野市という地名さがしぬ　（『諷詠』）

餅搗くを自邸の庭にしつらえて大岡信さんとありし日忘れず　（『後集』）

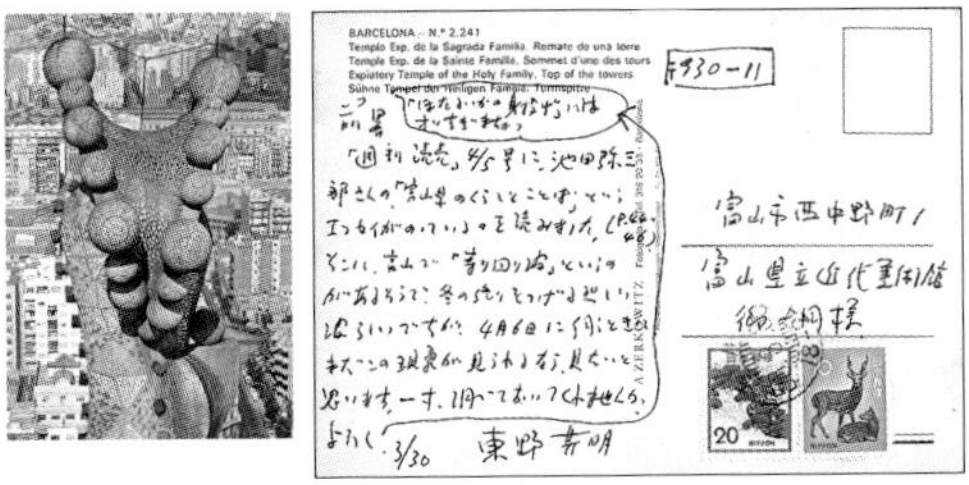

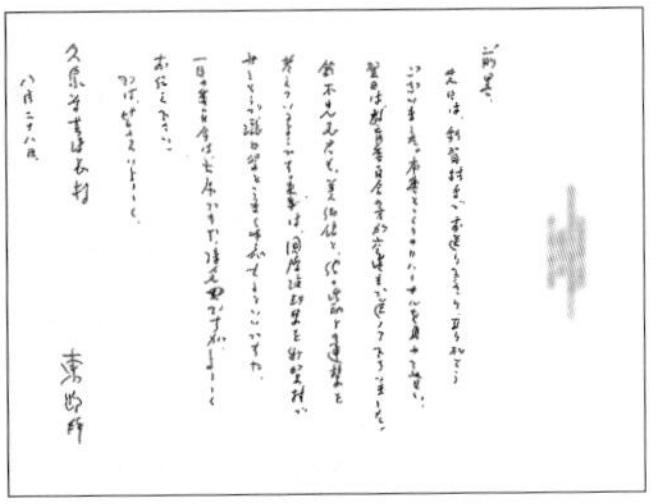

東野芳明 富山県立近代美術館一同宛絵葉書「『週刊読売』4/5号に」1981年３月30日付

東野は、東京出身の美術評論家。瀧口修造の推薦で富山近美相談役に就任。葉書では、『週刊読売』掲載の池田弥三郎「富山県のくらしとことば」に記されていた「寄り回り波」を実際に見てみたいので、調べておいてもらえないかと親しみを込めて記す。裏面は、バルセロナのサグラダ・ファミリア。

東野芳明（1930～2005）久泉迪雄宛便箋「先日は利賀村まで」８月28日付

利賀村で活動をはじめた早稲田小劇場（現・劇団SCOT）の鈴木忠志を訪ね、富山近美との連携の可能性などについて語り合ったことがうかがえる。

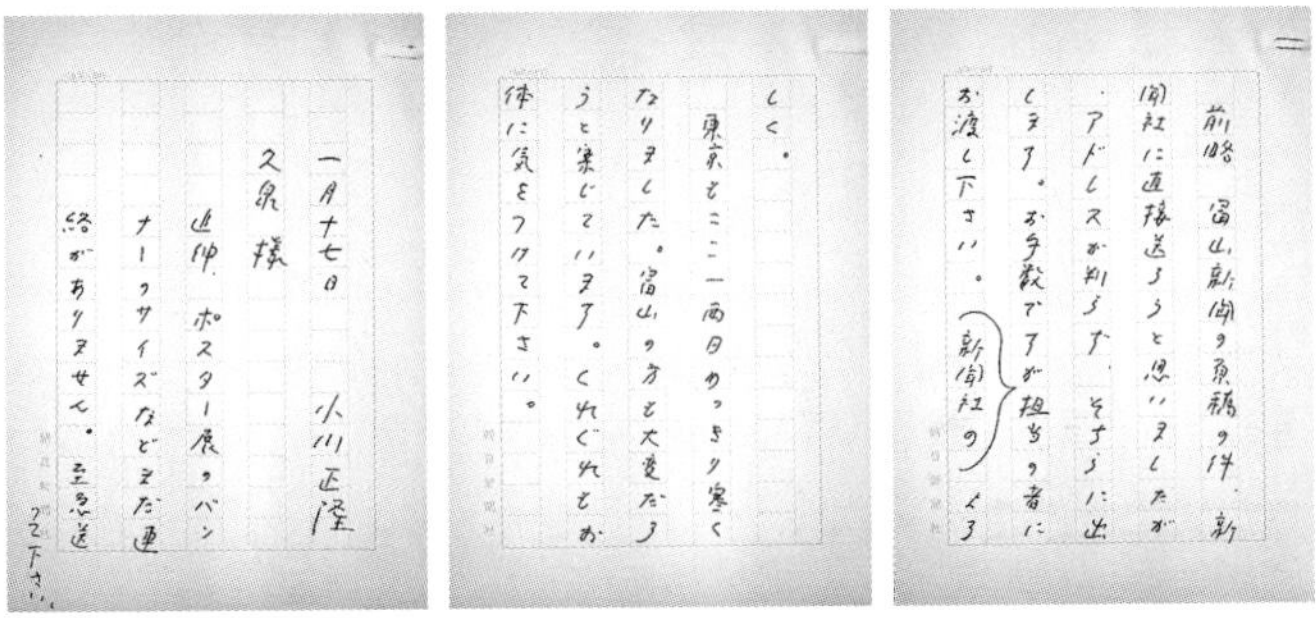

小川正隆（1925～2005）久泉迪雄宛封書「富山新聞の原稿の件」1982年１月17日付

富山県立近代美術館初代館長。東京出身。追伸に、1982年４月開催の「現代日本のポスター展」のバナー（広告ポスター）について触れられている。久泉は学芸課長として、東京在住の小川館長と緊密に連絡をとり展覧会準備を進めた。

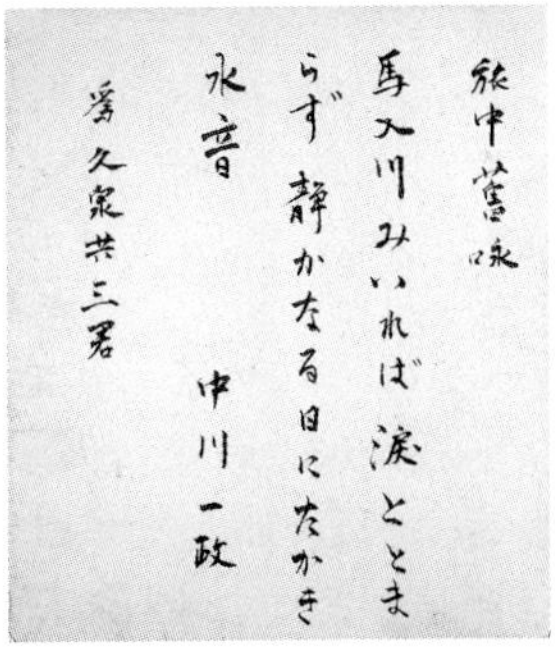

中川一政（1893～1991）色紙「旅中舊詠 馬入川みいれば涙ととまらず静かなる日にたかき水音 」

洋画家。久泉の父・共三は中川一政に師事した。戦時中、高岡市に疎開。平成十一年（一九九九）、高岡市美術館「中川一政」展開催。

「中川一政は洋画団体春陽会の創立同人の一人であり、独自の画風をうち立て、文化勲章に輝いた洋画家。名随筆家としても知られ、著作も多い。功なり名を遂げてから初めて渡欧し、泰西の名だたる作家の名画を経巡り「私は間違っていなかった」と、みずからの仕事を顧みたという。筆者の父久泉共三は中川先生に師事、第一回春陽会賞を受賞、画壇に出た。

色紙は父が在京時代、中川先生から直接頂戴したもの。」（『墨林抄40』『綺羅』第四十二号より）

長崎莫人・旅先からの便り

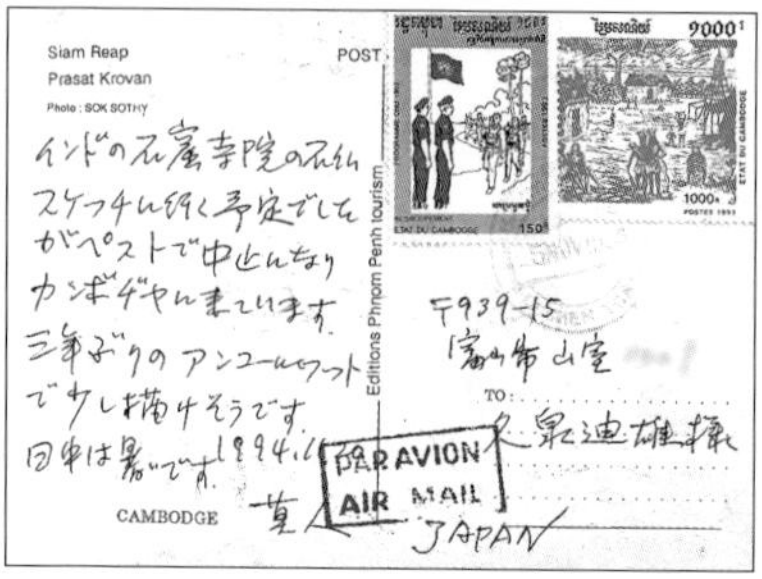

1994年11月20日付　カンボジアより

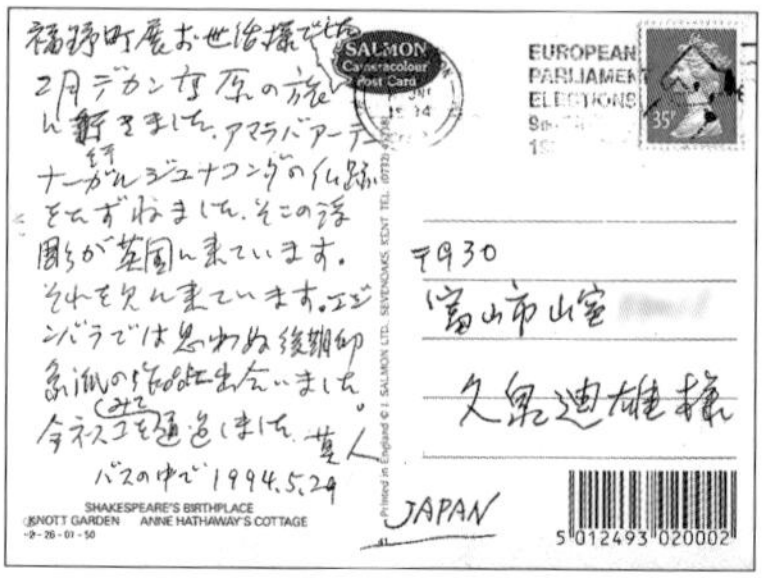

1994年５月29日付　英国・ロンドンより

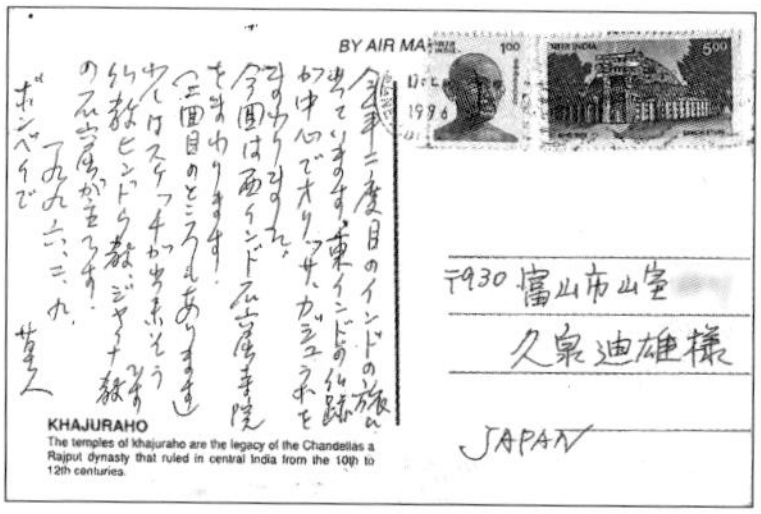

1996年２月９日付　インド・ボンベイより

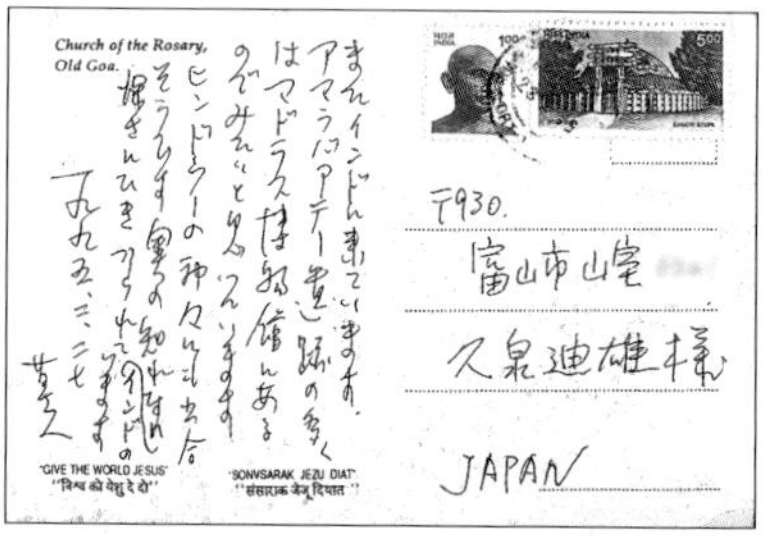

1995年２月27日付　インドより

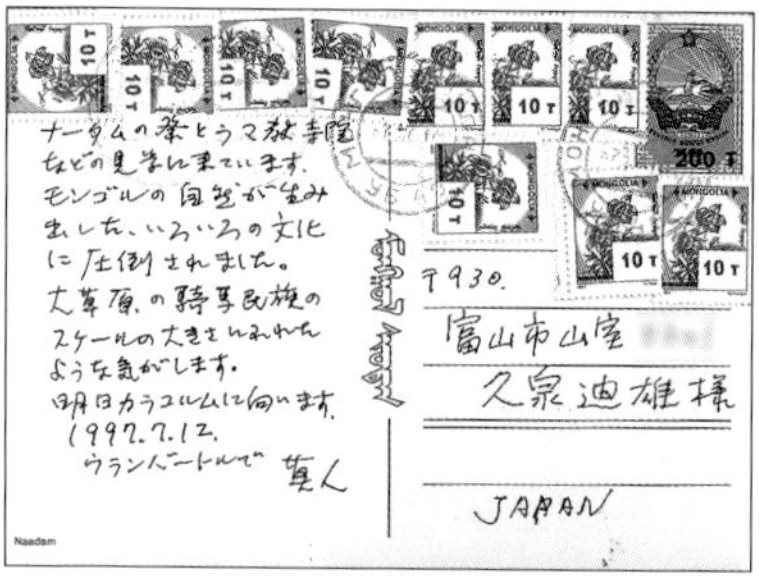

1997年７月12日付　モンゴル・ウランバートルより

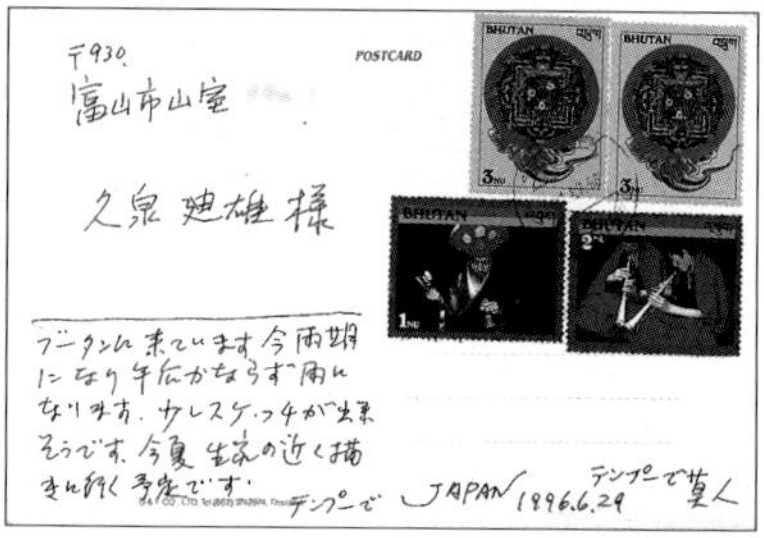

1996年６月29日付　ブータン・ティンプーより

長崎莫人（一九二九〜）

　久泉宛ての一九九四年から一九九七年の絵葉書は、すべて旅先からのもので、スケッチを行ったことなどが記される。裏面は各地名所などの印刷写真。

　長崎は、平成五年（一九九三）、福野町に作品七十点を寄付した。久泉は、その際、長崎から直接に作品制作や寄付に至る心情を聞きながら作品を鑑賞し、次のように記している。

「莫人さんの画業は、やがて半世紀におよぶが、自身の制作の九十パーセントは、ふるさと富山の風景をモチーフとしている、と述懐される。もちろん莫人さんは中国やインドの仏像仏跡を描き、武蔵野や越後の山を描き、人物や静物をとりあげるなど、その取材は多彩だが、ふるさとの山に対する思い入れはことのほか深いのである。朝日町蛭谷に生まれた莫人さんの仕事は、おのずから立山連山や黒部に代表される、ふるさとの自然を主題とする必然性を持つものであった。（略）ふるさとの山河と莫人さんの芸術は、まさに内的必然性をもって、かたく結びついているのだと、私は思う。そしてそのことが、単なるローカル性に沈むのではなく、むしろ東洋の美と思想を追求する純粋な営為として、具眼の士の評価に応える結果になったのである。」

（『美のこころ 美のかたち』より）

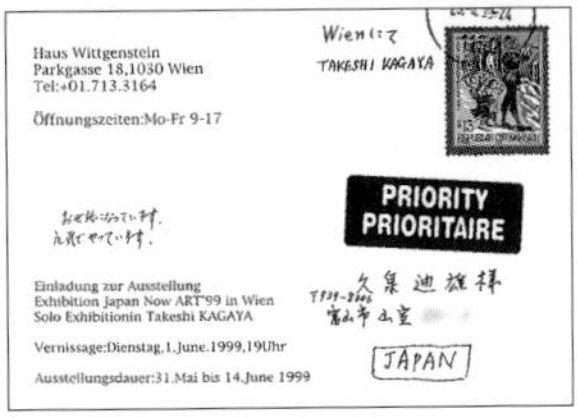
Haus Wittgenstein
Parkgasse 18,1030 Wien
Tel:+01.713.3164

Öffnungszeiten:Mo-Fr 9-17

Wienにて
TAKESHI KAGAYA

PRIORITY
PRIORITAIRE

お世話になっています。
元気でやっています。

Einladung zur Ausstellung
Exhibition Japan Now ART'99 in Wien
Solo Exhibitionin Takeshi KAGAYA

Vernissage:Dienstag,1.June.1999,19Uhr

Ausstellungsdauer:31.Mai bis 14.June 1999

久泉迪雄様

JAPAN

加賀谷武（一九三二〜）

現在の小矢部市生まれの空間造形作家。

久泉迪雄宛一九九九年四月二十五日消印のウィーンからの葉書は、日本・オーストリア現代美術交流展の折のもの。「元気でやっています」とある。

久泉は、平成二十三年（二〇一一）夏、富岩運河環水公園にて行われた一本のロープによる空間造形〈空間生態二〇一一〉を題材に、十二首の短歌を詠んでいる。その短歌より三首。

ひとすじに夏の水面に影映すロープのたるみの
ただに澄みたる

角度変えて見かえる視野に澄みわたり加賀谷武
の〈創作〉ロープ

一本のロープと拮抗をたもつごとく飛行機雲の
北に伸びゆく

（『美のこころ 美のかたち』）

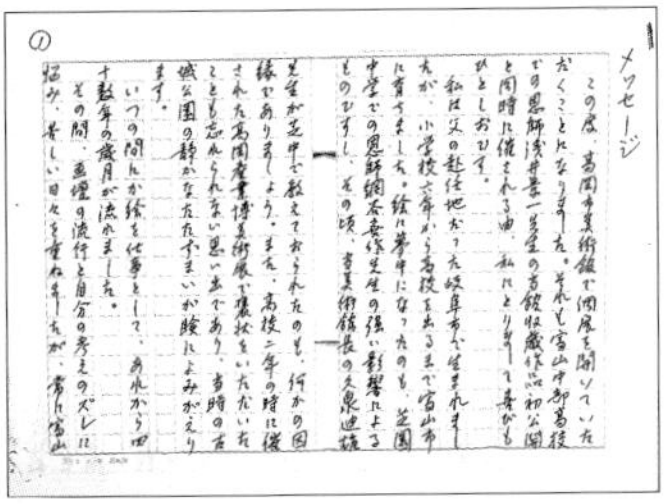

橋本博英 原稿「メッセージ」（複写物）
高岡市美術館『光と風のコンチェルト 橋本博英展』図録（1997年）所載

浅井景一 称名滝 制作年不明 彩色・色紙

浅井は橋本博英の富山中部高等学校時代の美術部顧問であった。久泉との縁は、『美のこころ 美のかたち』に記されている。

芸術文化活動を通じて出会った人びと

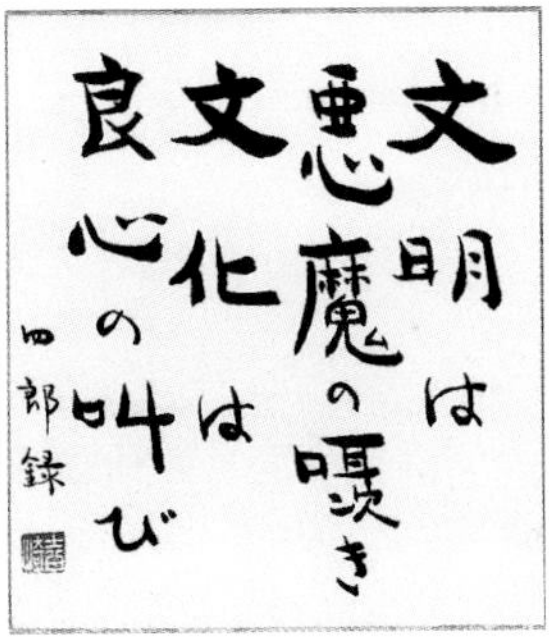

吉崎四郎（1929〜）色紙「文明は悪魔の囁き文化は良心の叫び」

初代の富山県教育委員会文化課芸術文化係長を務め、後に富山県民生涯学習カレッジ学長。久泉とは富山県芸術文化協会はじめ、ともに文化行政に尽力してきた。

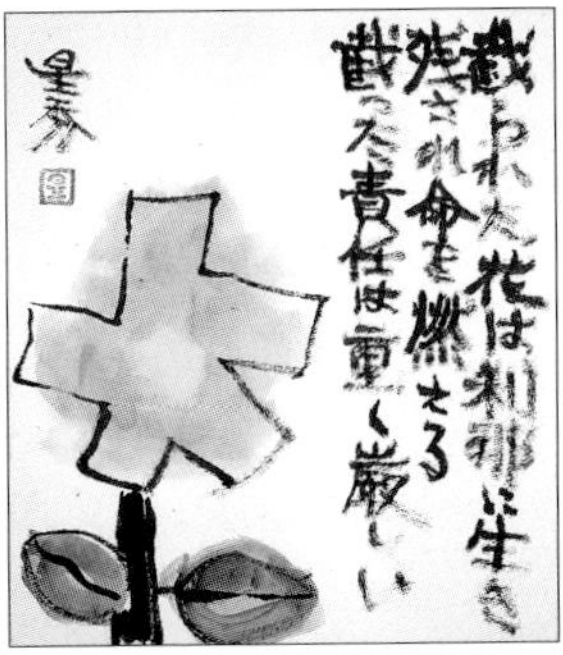

岡崎星秀（1923〜2015）色紙「截られた花は刹那に生き残され命を燃える截った責任は重く厳しい」

華道家。本名、河浦義雄。富山県芸術文化協会創設メンバーの一人。

回想の活きいき脳裏に巡らして岡崎星秀のこと綴り果てなく

（『後集』）

鶴木大壽（1918～1998） 色紙「流泉作琴」 出典は『碧巌録』第37則 盤山三界無法

上新川郡大沢野町生まれの書家。本名、利雄。久泉は、『美のこころ 美のかたち』に「鶴木大壽―木簡に生きる」を記している。

青柳志郎（1932～2019）色紙「朝」 1974年1月1日

富山市生まれの書家。久泉とは県芸術文化協会で知り合い、親交が厚かった。久泉迪雄歌碑の書を手がける。

ねんごろにわれの一首を揮毫し賜いたる青柳大人のついに逝きたり　（『後集』）

青柳石城（1899～1977）色紙「秋園踏月」

群馬県生まれの書家。本名、政治。富山県女子師範学校、県立富山高等女学校教諭として来県。富山における書道の振興に尽力。青柳志郎の父。

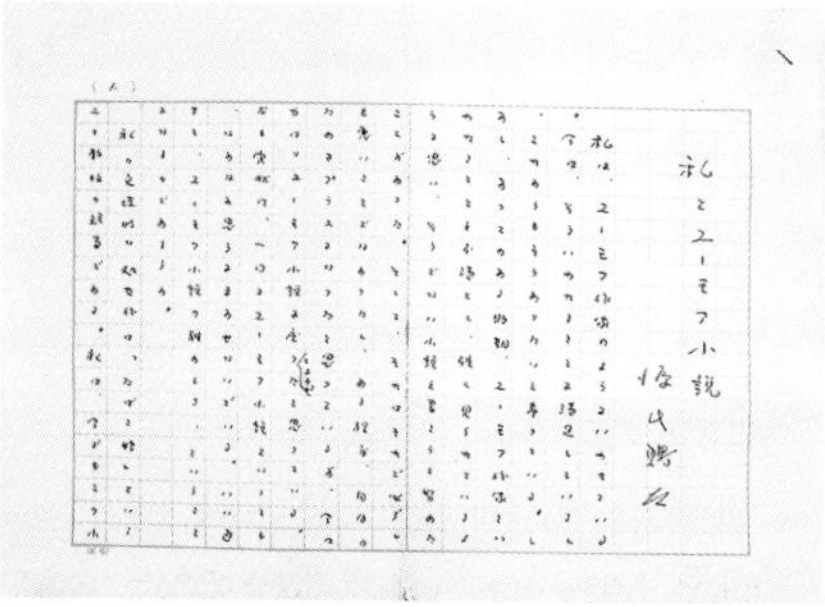

源氏鶏太（1912～1985）原稿「私とユーモア小説」

富山市出身の直木賞受賞作家。『藝文とやま』第１号（1973年３月）所載。久泉は第１号から編集に携わり、県外で活躍する作家たちの視点を積極的に紹介した。

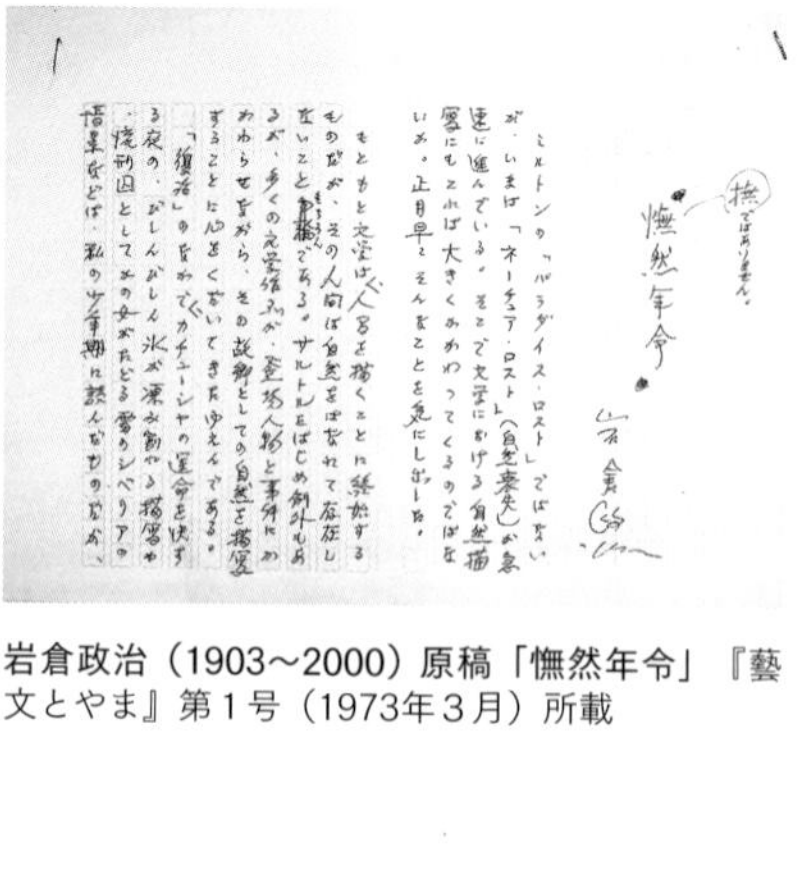

岩倉政治（1903～2000）原稿「憮然年令」『藝文とやま』第１号（1973年３月）所載

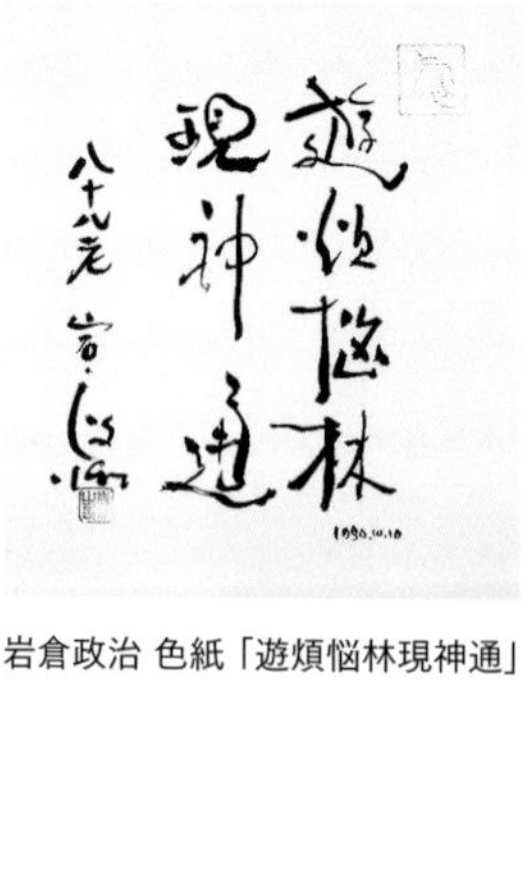

岩倉政治 色紙「遊煩悩林現神通」

東礪波郡高瀬村生まれの小説家。富山県芸術文化協会創設時より参与として加わり、『藝文とやま』編集顧問を務めた。芸文協の活動に深い理解を示し協力を惜しまなかった。

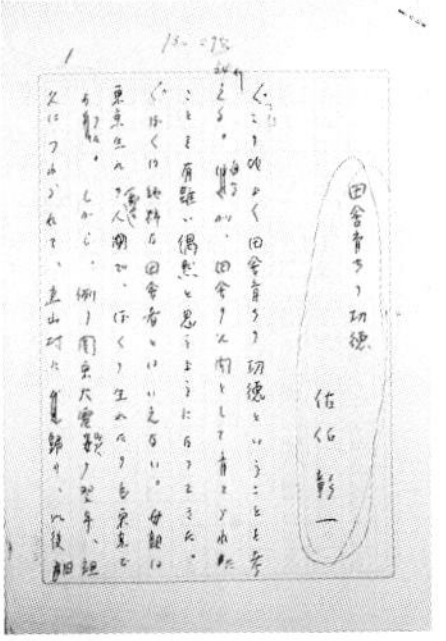

佐伯彰一（1922〜2016）原稿「田舎育ちの功徳」『藝文とやま』第２号（1974年３月）所載

国際的文芸評論家。幼い頃より立山町の祖父母の家で育つ。『藝文とやま』第二十四号では、「「国際化」のひとり歩き」を寄稿。スローガンの「ひとり歩き」に警鐘を鳴らす。

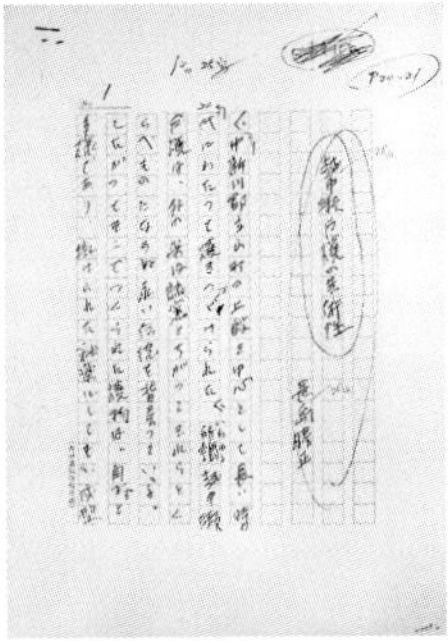

長島勝正（1904〜1990）原稿「越中瀬戸焼の芸術性」『藝文とやま』第２号所載

美術史家。下新川郡椚山村の大地主の家系に生まれる。昭和二十一年（一九四六）、杉山司七、中島杢堂とともに県展の創立に尽力。文化財の保護、研究及び啓蒙に力を注いだ。久泉と前田常作との出会いは、長島が久泉共三に前田を引き合わせたことにはじまる。県芸術文化協会創設時より参与として参画。

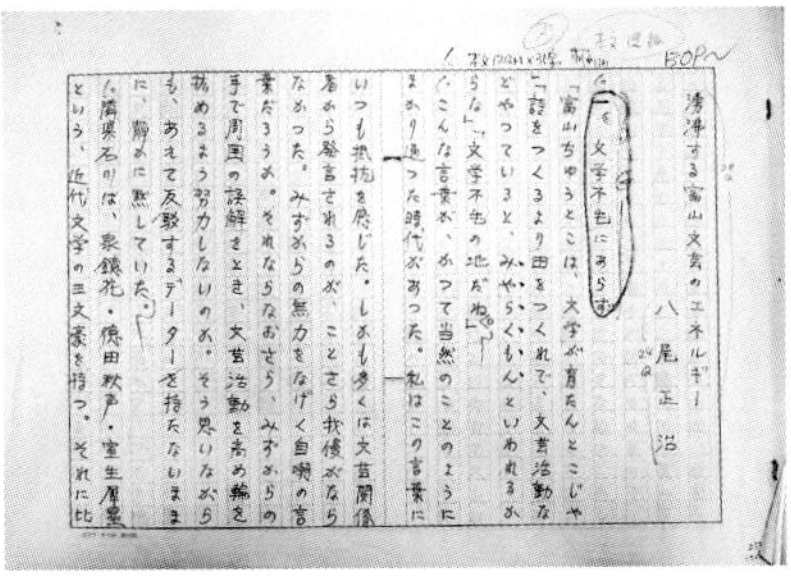

八尾正治（1920〜2008）原稿「湧沸する富山文芸のエネルギー」『紫苑短歌』第100号（1987年３月）所載

富山市生まれの郷土史家。富山県職員、社会教育部長などを務めた。

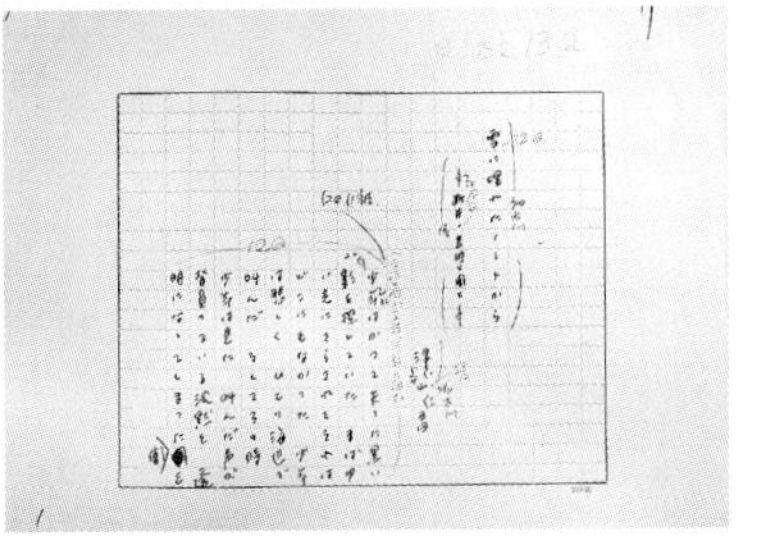

津山昌（1925〜1992）原稿「雪に埋れたノートから—断片・芸術と闇と—」『藝文とやま』第３号（1975年３月）所載

評論家。アートスペース砺波（現・砺波市美術館）館長。「津山昌—追慕の思い、日に日に深く」（『美のこころ 美のかたち』）参照

富山の歌人たち

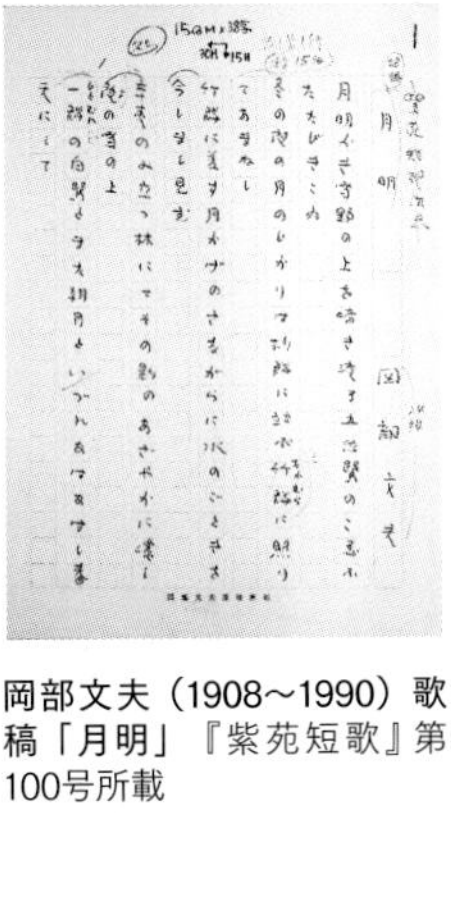

岡部文夫（1908〜1990）歌稿「月明」『紫苑短歌』第100号所載

歌人。戦後、氷見市に住み歌誌「海潮」を創刊、主宰した。「深く北国の自然と風土を愛し、克明にまた多作して、独自の作品世界を築いた」（「墨林抄29」『綺羅』第三十一号より）

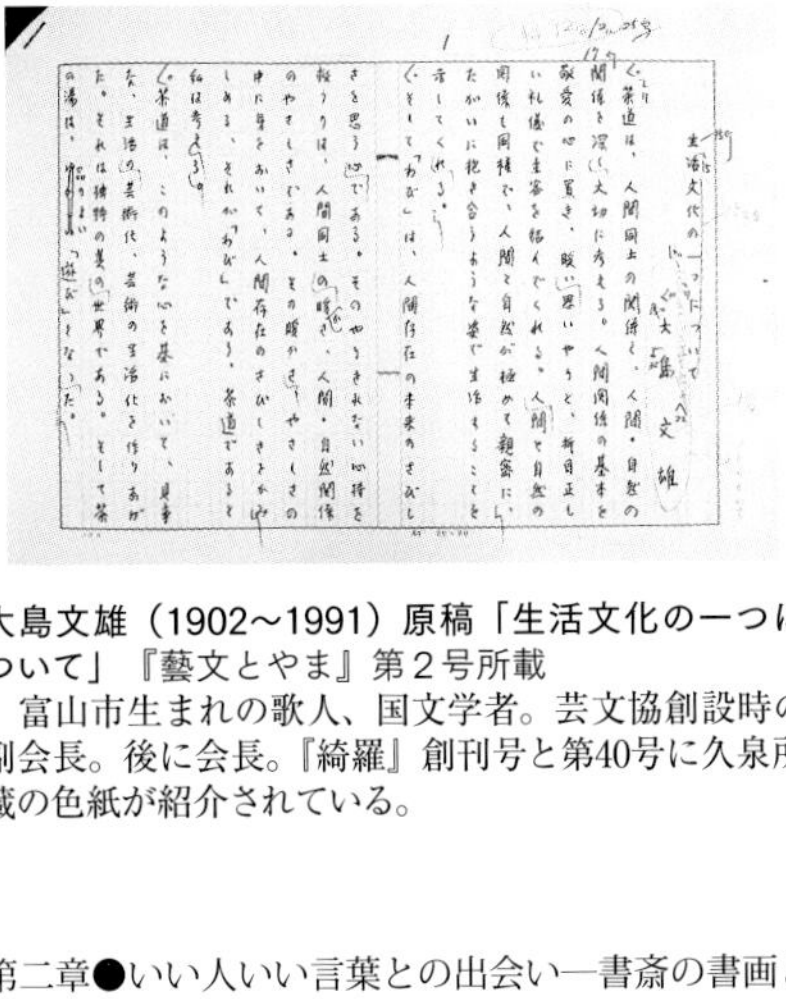

大島文雄（1902〜1991）原稿「生活文化の一つについて」『藝文とやま』第２号所載

富山市生まれの歌人、国文学者。芸文協創設時の副会長。後に会長。『綺羅』創刊号と第40号に久泉所蔵の色紙が紹介されている。

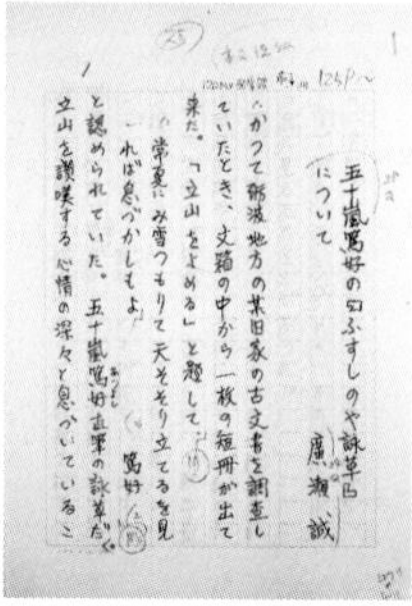

廣瀬誠（1922〜2005）原稿「五十嵐篤好の『ふすしのや詠草』について」『紫苑短歌』第100号所載

廣瀬は、富山市出身。万葉集などの古典研究、立山・黒部をはじめとした山岳研究、郷土史研究において多数の業績を残した。歌人としても精力的に活動し、久泉と若き日より交友を保った。

有頼像塑りしより十五年の歳月のしみじみ篤し　廣瀬誠兄

（『後集』）

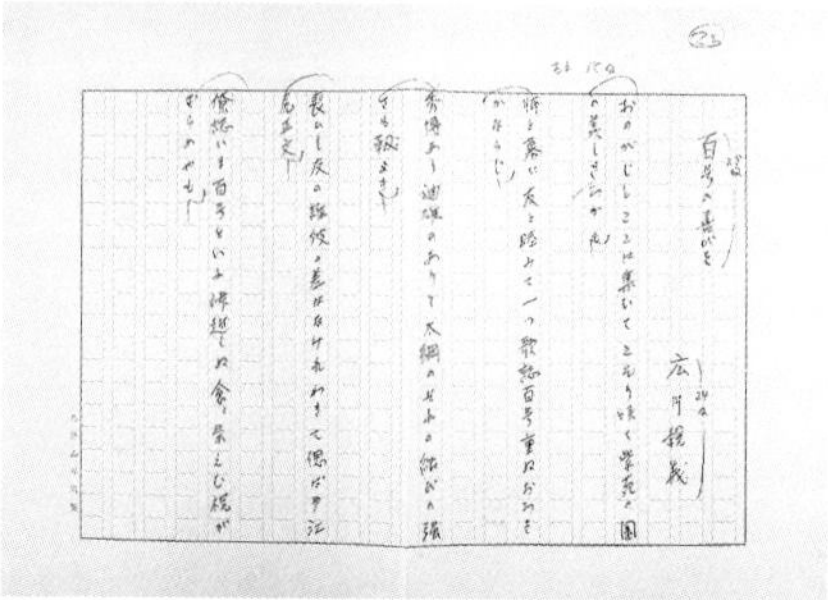

広川親義（1906〜1995）歌稿「百号の喜びを」『紫苑短歌』第100号所載。短歌五首。一首に「秀博あり迪雄のありて太綱のそれの結びの強さも靭き」とある

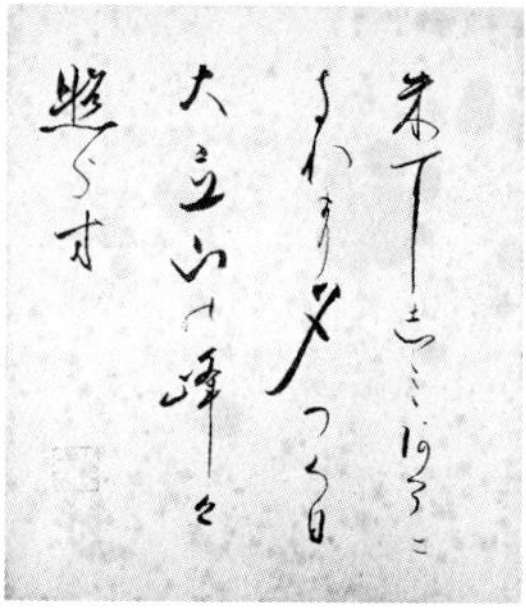

小又幸井（1900〜1990）色紙「朱にしみあけにきわまり夕つく日大立山の峰々照らす」　富山市呉羽山の歌碑原稿

富山県歌人連盟初代会長。上新川郡太田村出身。川田順をはじめ、多くの文人を富山に招き、富山県歌壇に大きな影響を与えた。歌人の岩城正春とは小学校同級でともに少年時代より文学を志した。

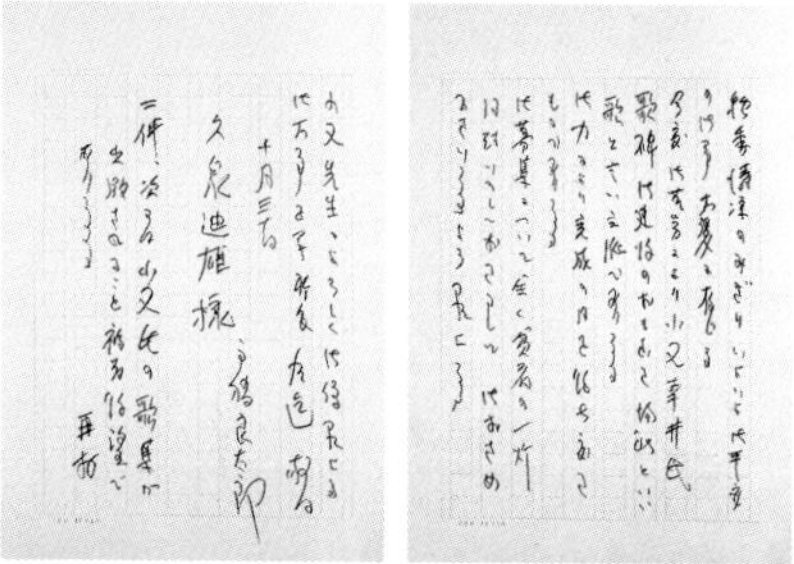

高橋良太郎（1902〜1977）久泉迪雄宛書簡「秋香清涼」1968年10月30日付

小又幸井歌碑建設に賛意を表する内容。

久泉は、富山空襲後、高橋の配慮を得て中新川郡北加積村に一家で疎開した。俳人。

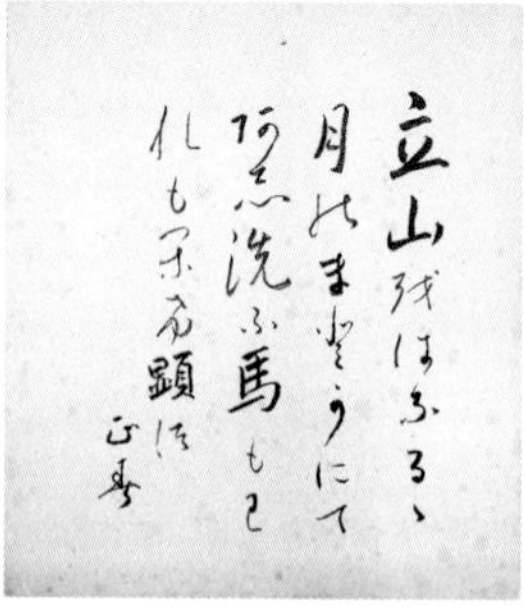

岩城正春（1900〜1970）色紙「立山をはなるゝ月のまとかにてあし洗ふ馬もわれもかけ顕つ」　刀尾神社（富山市）の歌碑原稿

久泉は岩城の歌集『稲供養』について、「実直なお人がらそのままに、越中農民の魂からの声とも言うべき情感に満ちた一冊で、昭和期歌壇の代表歌集といっていいだろう。」と記す。（「墨林抄16」『綺羅』第十六号より）

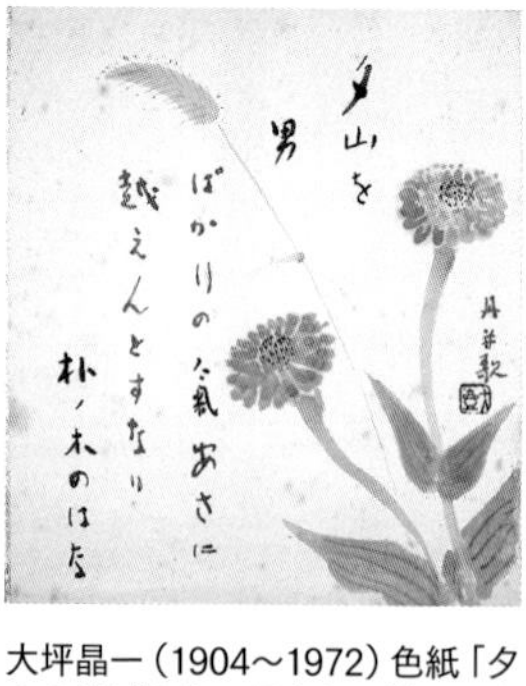

大坪晶一（1904〜1972）色紙「夕山を男ばかりの氣安さに越えんとすなり朴ノ木のはな」

高岡市生まれの歌人。県歌人連盟創設時より参画。「色紙は同氏の歌碑（氷見市神代温泉）の作品で、除幕式で参列者に贈られた。絵も同氏の筆」（「墨林抄25」『綺羅』第二十六号より）

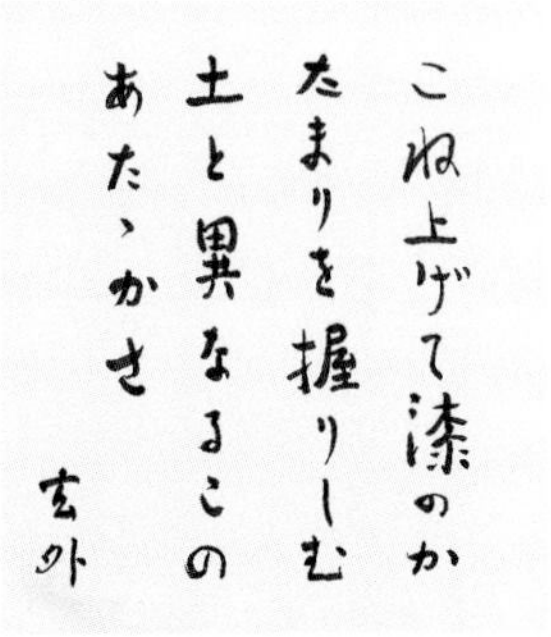

木村玄外（1917～2009）色紙「こね上げて漆のかたまりを握りしむ土と異なるこのあたゝかさ」

高岡市生まれの歌人、漆芸家。父天紅も漆芸家。県歌人連盟創設時の事務局幹事。「根っからの、職人肌の漆芸家だった」（『墨林抄21』『綺羅』第二十一・二十二号より）

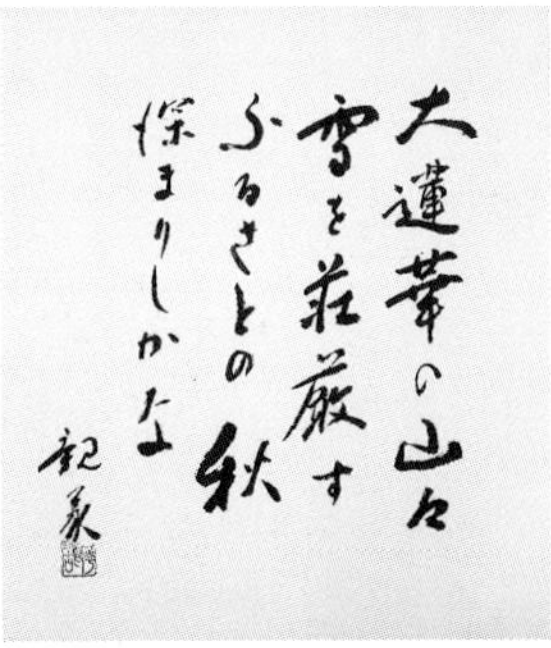

広川親義 色紙「大連華の山々雪を荘厳すふるさとの秋深まりしかな」
朝日町城山公園の歌碑の原稿

富山県歌人連盟第二代会長。下新川郡野中村出身。リベラルで包容力に富む人柄であったという。「墨林抄22」（『綺羅』第二十三号）参照。

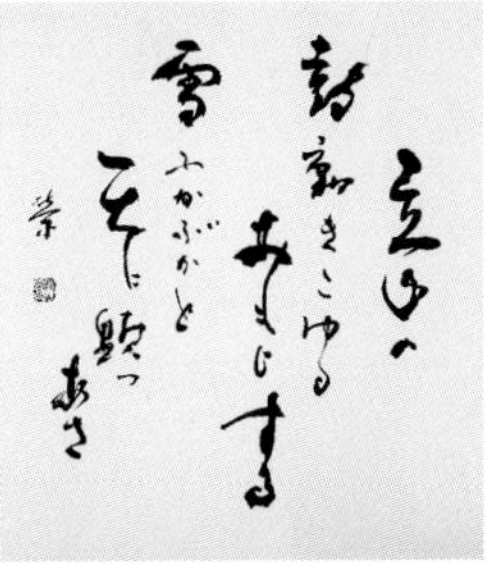

深山榮（1918～2004）色紙「立山の鼓動きこゆるおもひする雪ふかぶかと天に顕つあさ」富山市大山の歌碑の原稿

富山県歌人連盟第三代会長。富山市出身。昭和五十五年（一九八〇）に刊行した歌集『空襲三十五年』に対し、久泉の詠がある。

『空襲三十五年』よくぞ歌いたまいしよ深山榮著いまに輝く（『後集』）

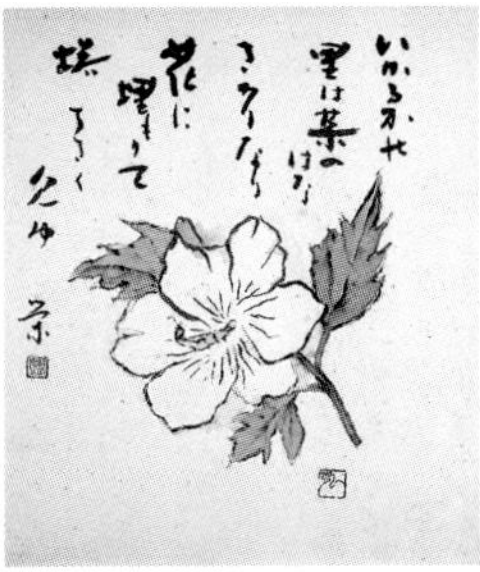

深山榮（短歌）、吉沢弘（画）
本文「いかるかの里は菜のはなさかりなり花に埋もりて塔ちさく見ゆ（木槿図）」

この色紙は、久泉が吉沢を訪ねた折に、絵が描かれた色紙を譲り受け、深山に歌を書いてもらったもの。両者とも歌人連盟創設時より役員を務めた。

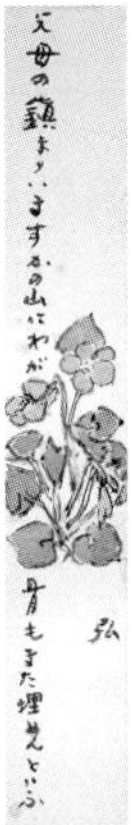

吉沢弘（一八九九～一九七五）色紙「父母の鎮まりいますかの山にわが骨もまた埋めんといふ」

下新川郡大布施村植木生まれの歌人、画家で医師。昭和四十二年（一九六七）四月、黒部市植木の旧居跡に、俳人の父吉澤無外の句碑と並んで建立された歌碑に刻まれた歌。

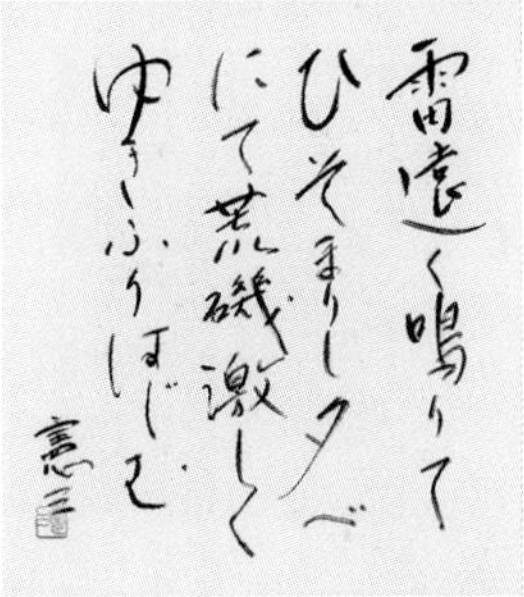

米田憲三（1934～）色紙「雷遠く鳴りてひそまりし夕べにて荒磯激しくゆきふりはじむ」

東礪波郡野尻村生まれの歌人。久泉とは歌人として長く親交を保ってきた。久泉迪雄歌集『塔映』に歌論が掲載されている。久泉「独自の歌風を深める詩眼―米田憲三『ロシナンテの耳』読後」（『時評的短歌ノート』）などがある。

「かつて北日本新聞が「あすをつくる」という企画で、私たち二人を取り上げてくれたことがある。調べてみたら昭和四十年だった。」（『思い出の日々』『某月某日』第十六号、一九九七年六月より）

ゆかりの歌人たち

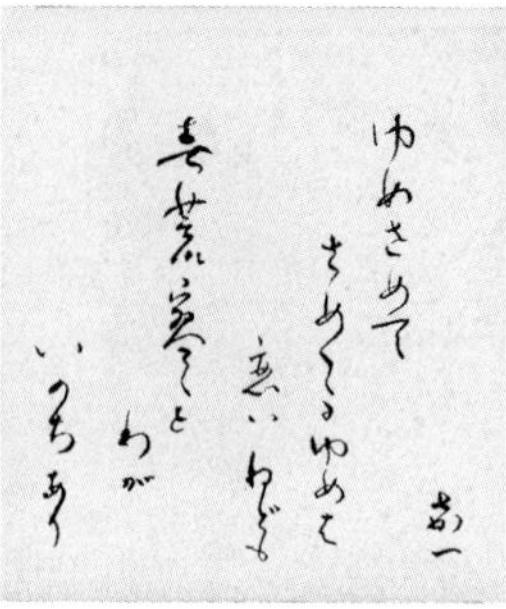

筏井嘉一（1899〜1971）色紙「ゆめさめてさめたるゆめは恋はねども春荒寥とわがいのちあり」

高岡市生まれの歌人。父は俳人の筏井竹の門。久泉共三とは小学校の同級生。この歌は、歌集『荒栲』所収。「耽美的な主観をひびかせながら、青春の孤愁をさながらに秘めており、筏井の代表作というべきだろう」（『時評的短歌ノート』より）

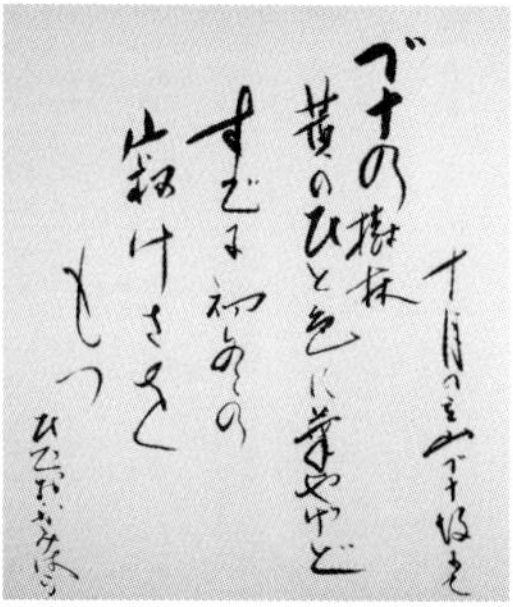

ひでお・かみはら（1914〜1995）色紙「ブナの樹林黄のひと色に華やげどすでに初冬の寂けさをもつ」

「十月の立山ブナ坂にて」と注記がある。本名、上原秀夫。上新川郡大久保村出身。「後半生は、短歌も生活もつねに孤高を保ちながら、自転車を駆ってあちこち出歩き、骨太な生き方を貫く」（『墨林抄26』『綺羅』第二十七・二十八号より）

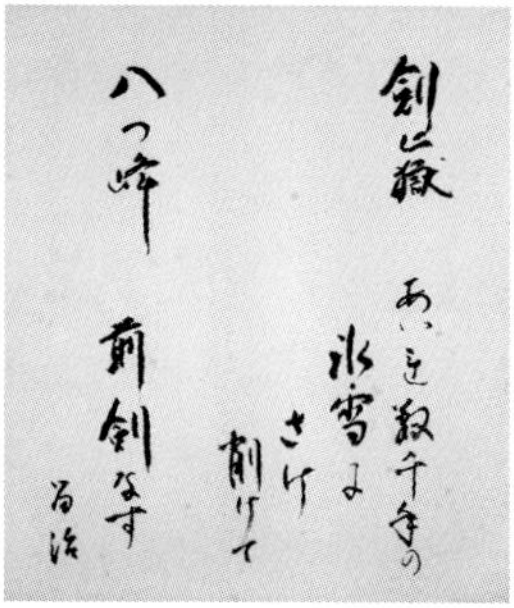

柳瀬留治（1892〜1988）色紙「剣嶽あはれ数千年の氷雪にさけ削けて八つ峰前剣なす」

上新川郡船峅村生まれの歌人。若山牧水に師事。「いまは「劒岳」に統一されたが、かつては「剣」と書く人が多かった。（略）山容になぞらえた字配りに目を留めてほしい。」（『墨林抄18』『綺羅』第十八号より）

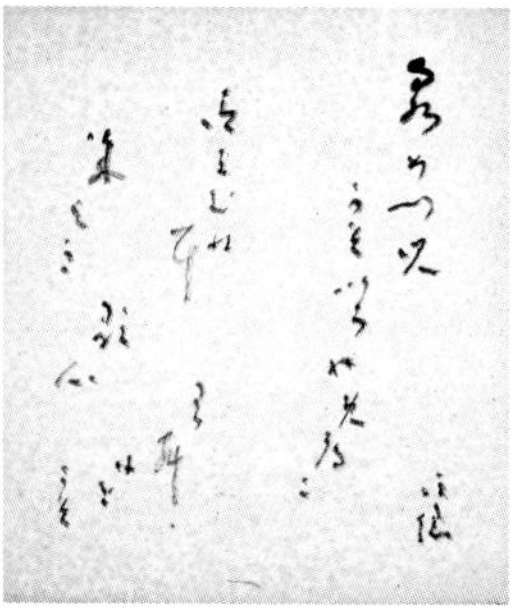

佐々木信綱（1872〜1963）色紙「泉めづ児かそいろのめつこ清きむねにきよき歌心わかむ日をこそ」

近代日本を代表する国文学者、歌人。三重県出身。「この貴重な色紙は、富山県歌人連盟初代会長小又幸井氏から頂戴したもの」（『墨林抄39』『綺羅』第四十一号より）

信綱の短歌《うた》つくづくと反芻し見上げたる東塔の上をゆく雲　（『季』）

福田榮一（1909〜1975）色紙「流氓のおもひを持ては黄にてれる山みな流れゐる如く見ゆ」

東京出身の歌人。「大戦後の富山歌壇の動静は、福田氏と逢坂氏の存在を無視しては語れない。この色紙は、翁久允邸の太稚庵（富山市磯部町）での懇談のおり、福田榮一氏から直接頂戴した」（『墨林抄10』『綺羅』第十号より）

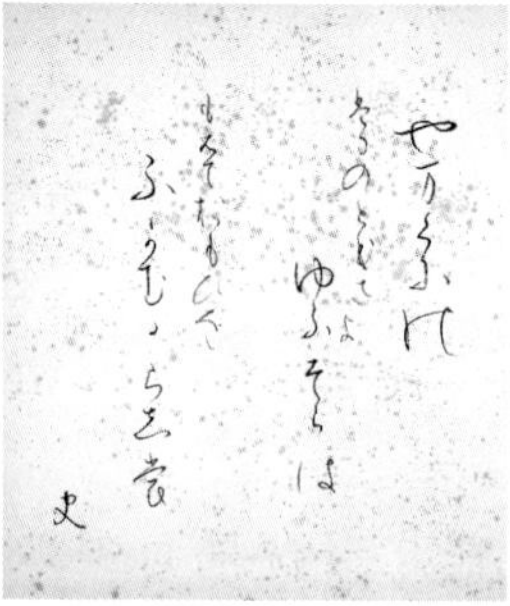

齋藤史（1909〜2002）色紙「やまくにのはるのとほさよゆふそらはもえておもひをふかむるらしも」

東京出身の歌人。「長野市で行われた交流歌会の席上で、作者から直接に頂戴した。（略）愛蔵の一枚である」（『墨林抄30』『綺羅』第三十二号より）第四回富山県短歌大会講師として来県。

勝手気ままに、自分勝手に生きなさい　齋藤史さんのことば忘れず　（『後集』）

木俣修（一九〇六〜一九八三）色紙「泉石の時雨に濡るるつやみれはみ冬のさびもいとゝ深めり」　歌集『高志』所収歌。

歌人、国文学者。滋賀県出身。『高志』は旧制富山高等学校教授時代の作品が大部分を占める。「富山市城山での木俣歌碑除幕に来県のおり、宿舎で書いて頂いた」（『墨林抄42』『綺羅』第四十四号より）。歌碑は昭和五十年（一九七五）建立。

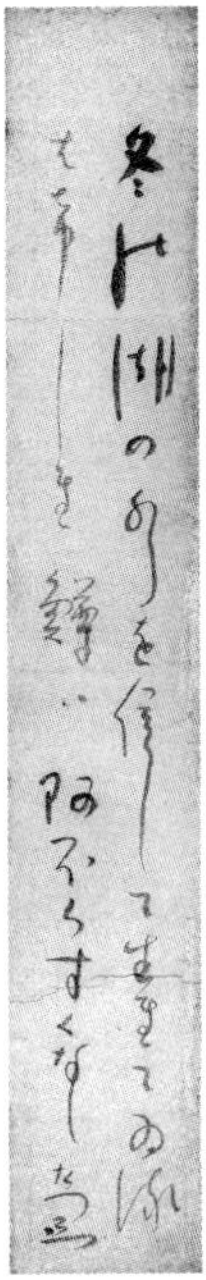

生方たつゑ（一九〇四〜二〇〇〇）色紙「冬の湖の水を信していきてゐるはけしき鱒はあふらすくなし」

三重県出身の歌人。「第一回富山県短歌大会に御来県のおりに頂戴したもの。世話役冥利に尽きる思いだった。」（『墨林抄43』『綺羅』第四十五号より）

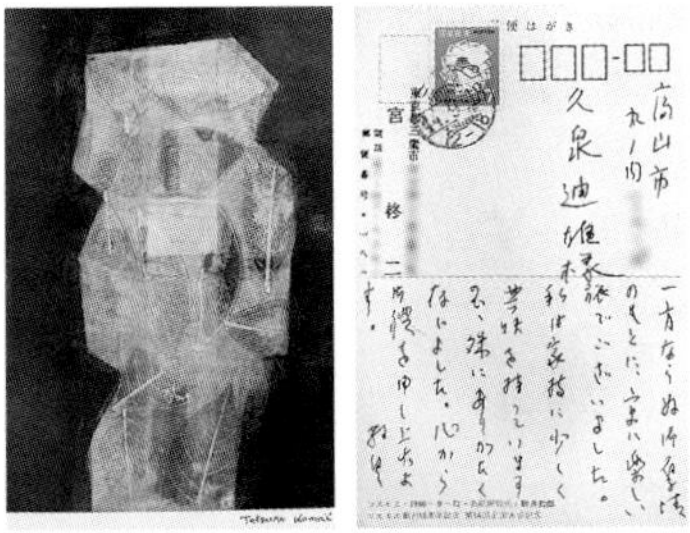

宮柊二（1912〜1986）久泉迪雄宛絵葉書「一方ならぬ御厚情のもとに、実に楽しい旅でございました。私は家持に少しく興味を持っていますので、殊にありがたく存じました。心から御禮を申し上げます。」1969年９月18日消印

新潟県出身の歌人。コスモス短歌会主宰。葉書裏面は、『コスモス』昭和四十一年九月〜十二月表紙装画の駒井哲郎による銅版画。

久泉「ある出会い—短歌の記録性」（『窓明かり』）には、富山駅から戦地に赴く宮柊二を木俣修夫婦が見送った折のことが記される。

端的に「戦争は悪だ」と詠みましし宮柊二の語調　韻律超えて（『後集』）

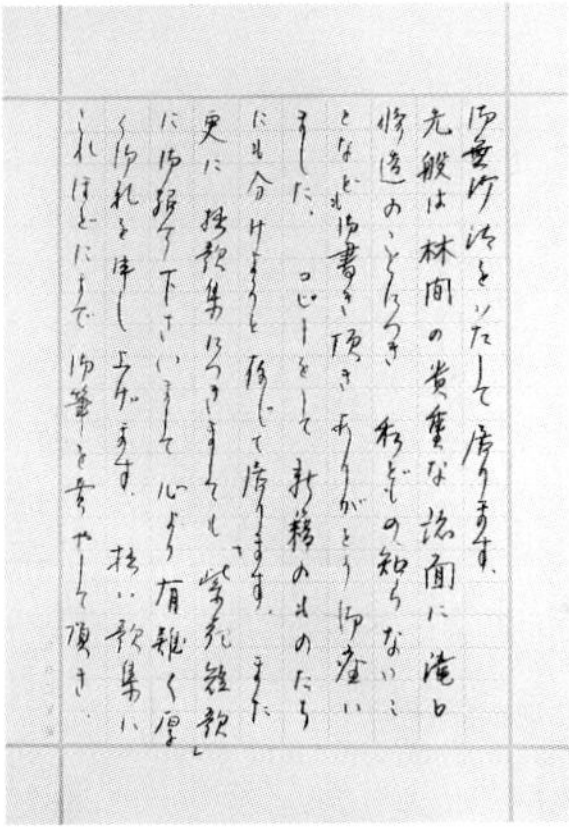

宮英子（一九一七〜二〇一五）久泉迪雄宛封書「御無沙汰を」一九八四年八月二十一日消印

富山市出身の歌人。内容は、『林間』誌上で発表した久泉の瀧口修造論（「純一に美を志向した詩魂—瀧口修造小伝」一九八四年六〜八月号）及び『紫苑短歌』に歌集を紹介してもらったことへの礼状。また、宮が『新潟日報』（同年八月十四日）等に執筆した瀧口修造に関する記事を同封したことが記されている。歌人。宮柊二夫人。コスモス短歌会の運営に力を尽くした。瀧口修造とは親戚にあたる。

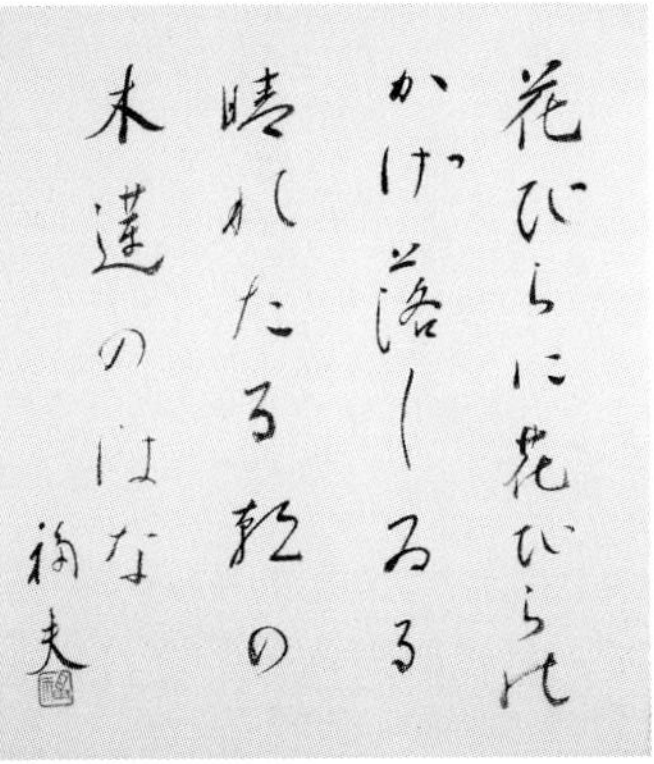

藤田福夫（一九一二〜一九九三）色紙「花びらに花びらのかげ落しゐる晴れたる朝の木蓮のはな」

歌人。大阪生まれ。金沢大学教授時代より、北陸三県の結社の交流を促した。「『日本海』を創刊主宰し、北陸歌壇の先達として多くの歌人を育てた。門下に米田憲三氏がいる。（略）色紙は先生のお邸で拝受した。」（『墨林抄24』『綺羅』第二十五号より）

「結城哀草果先生に立山登頂をお勧めし、竹内實氏とともに先生のお供をしてそれを果たしたのは、昭和四十年八月三十日のことだった。この色紙はその折、雄山山頂の社務所で揮毫されたもの」（『墨林抄２』『綺羅』第二号より）

七十三まで生きし甲斐ありと絶巓に立たせたまえり哀草果大人（『久泉迪雄歌集』）

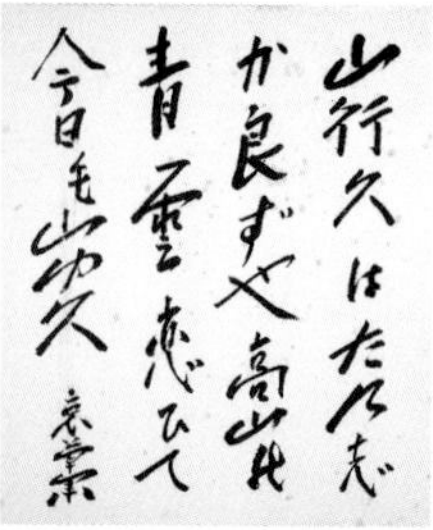

結城哀草果 色紙「山行くはたのしからずや高山の青雲恋ひて今日も山ゆく」
第７回県短歌大会講師。山形県出身。斎藤茂吉に師事。

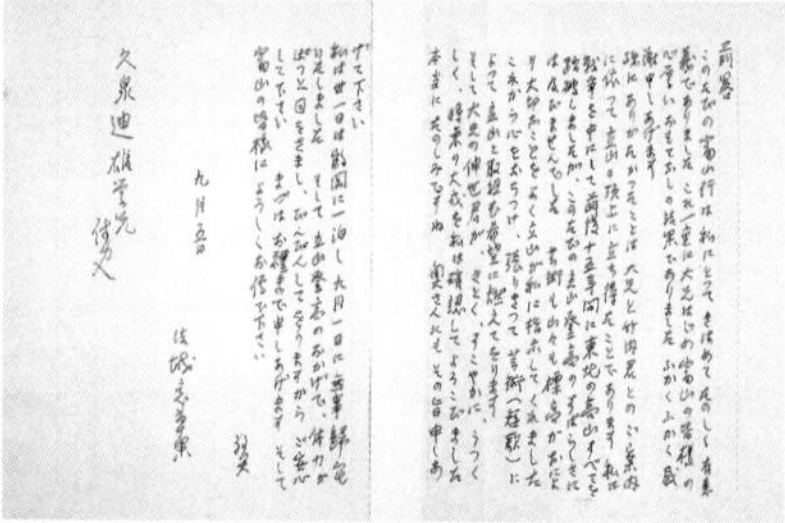

結城哀草果（1893〜1974）久泉迪雄宛封書「このたびの富山行は」1965年９月５日付
「このたびの富山行は私にとつてきはめてたのしく有意義でありました（略）殊にありがたかつたことは大兄と竹内君とのご案内に依つて立山の頂上に立ち得たことであります」とある

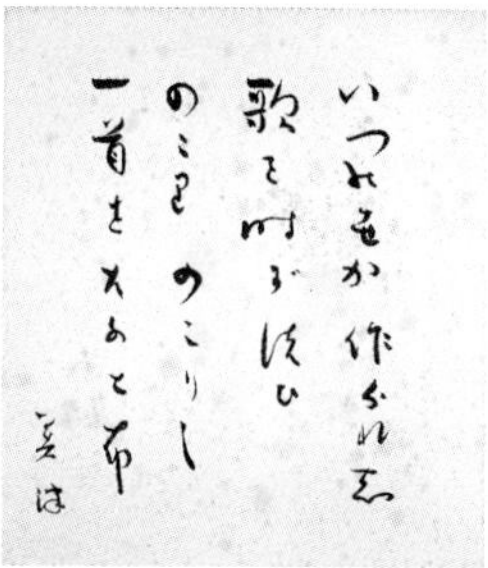

長沢美津（1905〜2005）色紙「いつの世か作られし歌を時が洗ひのこりのこりし一首をたふとふ」
石川県出身の歌人。富山には来県すること多く、その折頂戴したもの

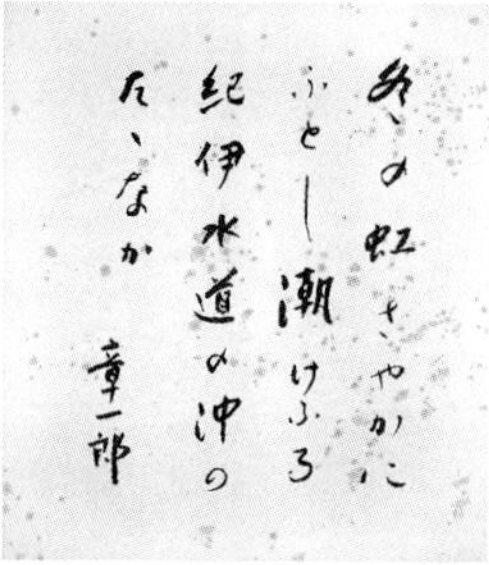

窪田章一郎（1908〜2001）色紙「冬の虹さやかにふとし潮けふる紀伊水道の沖のたゝなか」 第15回県短歌大会講師。東京出身。色紙は久泉愛蔵の１点

中河与一（1897〜1994）色紙「美意延年」 第10回県短歌大会において、中河幹子とともに講師を務めた。香川県出身の小説家、歌人

玉城徹（1924〜2010）色紙「くれなゐに咲ける芙蓉の根かたには土に落ちたるはなから幾つ」
宮城県出身。第18回県短歌大会講師。その折に書いていただいたもの

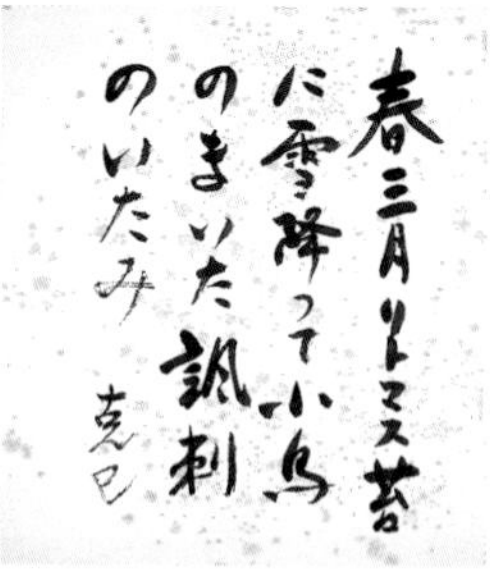

加藤克巳（1915〜2010）色紙「春三月リトマス苔に雪降って小鳥のまいた諷刺のいたみ」 第17回・26回県短歌大会講師。京都出身。色紙は直接にいただいたものの１点

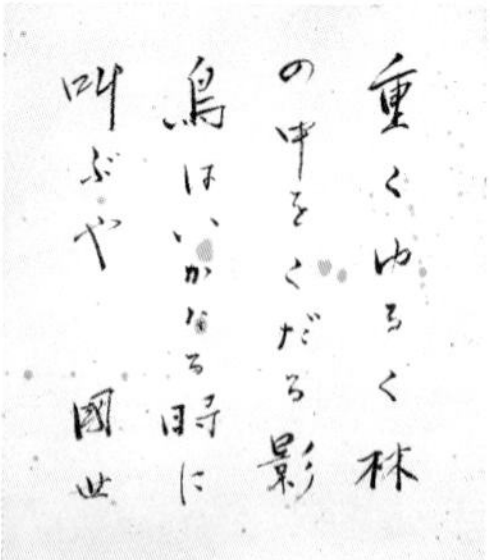

高安國世（1913〜1984）色紙「重くゆるく林の中をくだる影鳥はいかなる時に叫ぶや」 大阪出身の歌人、独文学者。富山市内で開催した有志による囲む会の折に頂戴したもの

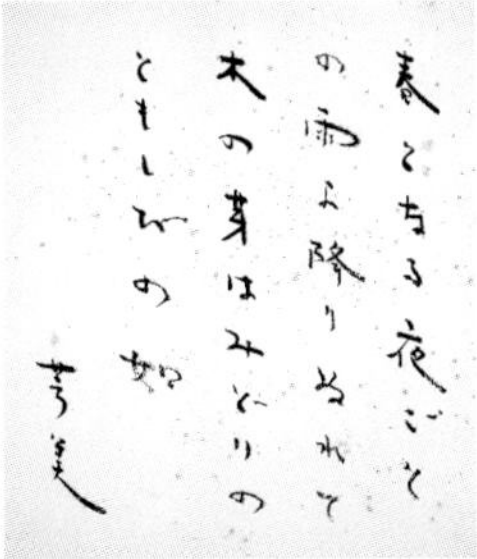

近藤芳美（1913～2006）色紙「春となる夜ごとの雨よ降りぬれて木の芽はみどりのともしびの如」　朝鮮馬山生まれ。第21回県短歌大会講師として来県の折にいただいたもの

阿部正路（一九三一～二〇〇一）歌稿「高志路」

　秋田県出身の歌人、国文学者。歌稿には『富山をうたう』で久泉が紹介した短歌が記されている。逢坂敏男より、久泉の「富山新歌」（『富山をうたう』の『朝日新聞 富山版』連載時のタイトル）の連載がはじまるので、富山に関した歌を送るようにと連絡を受けて届けられたもの。

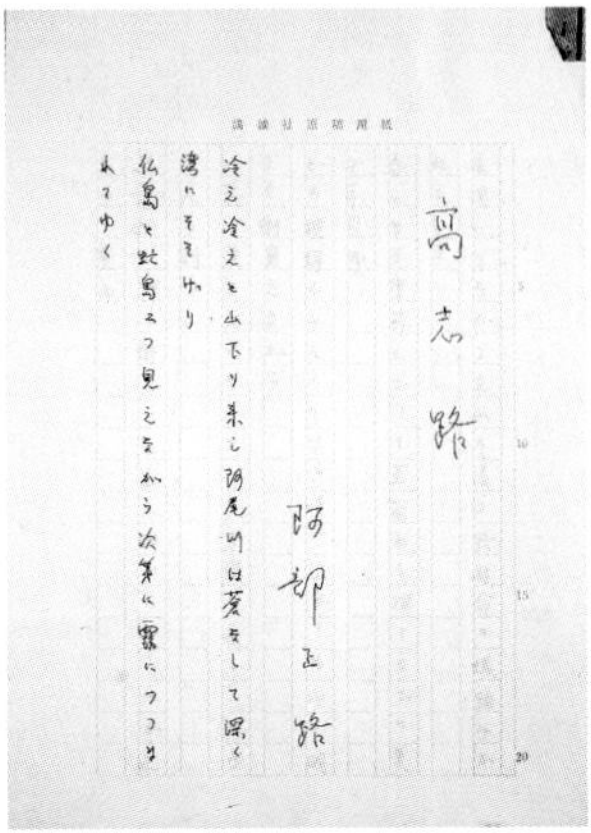

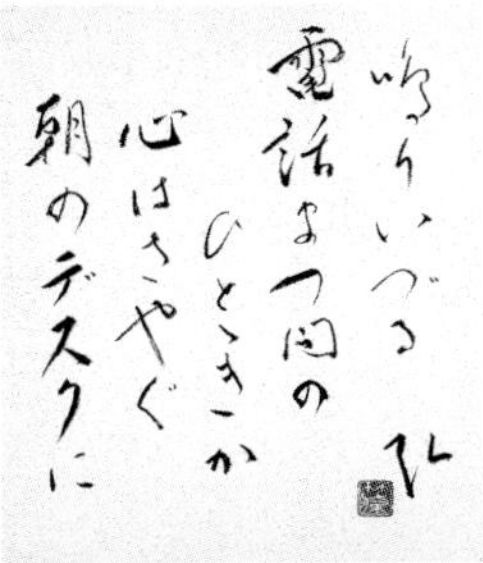

篠弘（1933～）色紙「鳴りいづる電話まつ間のひとゝきか心はさやぐ朝のデスクに」　歌集『百科全書派』巻頭歌。色紙は第29回県短歌大会に招聘の折頂戴した

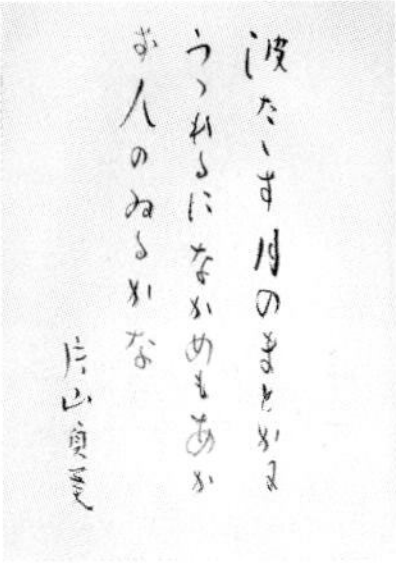

片山貞美（1922～2008）色紙「波たゝす月のまとかにうつれるになかめもあかず人のゐるかな」　久泉は福田榮一の紹介で出会った。第25回県短歌大会講師。千葉県出身

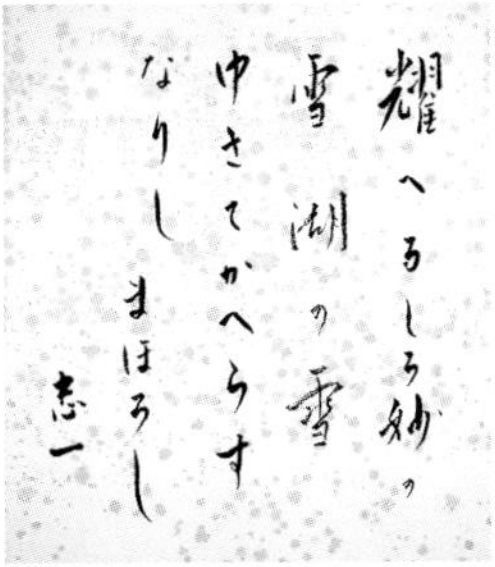

武川忠一（1919～2012）色紙「耀へるしろ妙の雪湖の雪ゆきてかへらすなりしまほろし」　長野県出身。第23回県短歌大会講師として来県の折に頂戴したもの

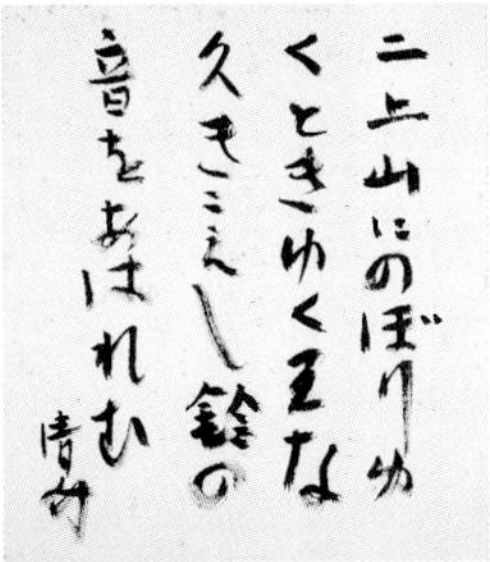

石黒清介（1916～2013）色紙「二上山にのぼりゆくときゆくえなくきこえし鈴の音をあはれむ」　新潟県出身。来県することも多く、富山の歌人との交流も深かった。色紙は、1983年6月、越中万葉めぐり吟行会一行のガイド役を久泉が務めた際、記念にいただいたもの

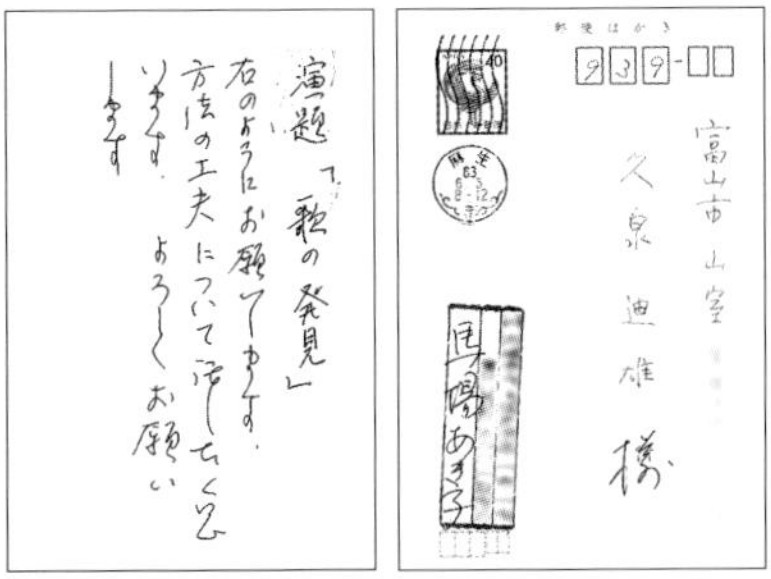

馬場あき子（1928～）久泉迪雄宛官製葉書「演題「歌の発見」」1988年6月5日消印　第30回記念県短歌大会講師。大会の演題を伝える葉書。
〈老いを知らぬ妻〉とあき子を詠むうたを綴りて倦まぬ〈岩田の正〉　岩田・馬場ご夫妻（『諷詠』）

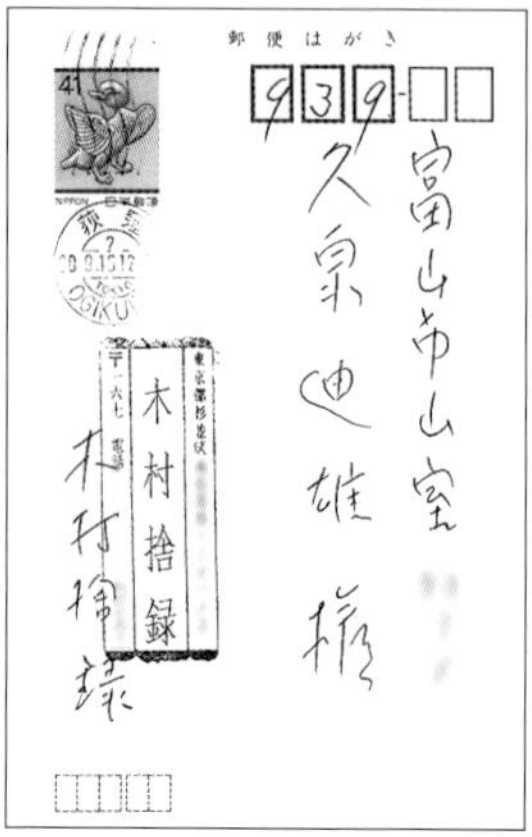

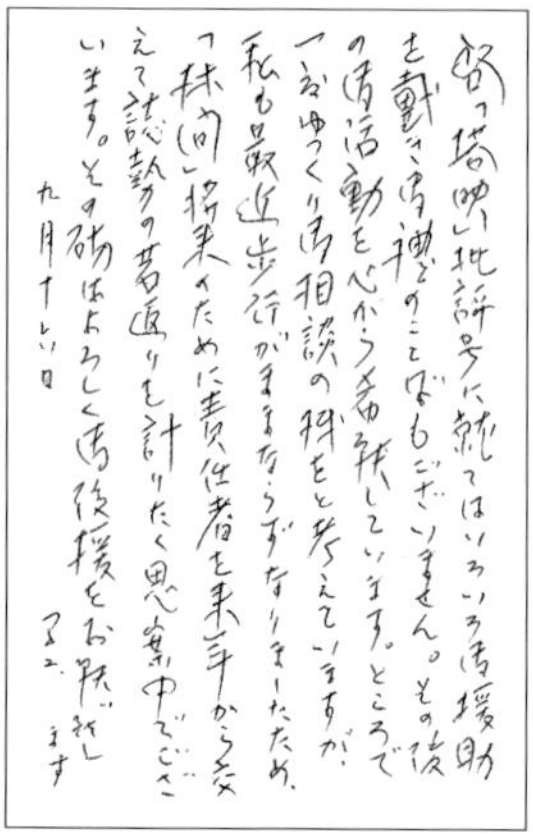

啓 「塔映」批評号に就てはいろいろ御援助を載き御礼のことばもございません。その後の御活動を心から御祈しています。ところで「おゆっくり御相談の件を」と考えていますが、私も最近歩行がままならずなりましたため、「林間」将来のために責任者を来年から交えて誌勢の若返りを計りたく思案中でございます。その節はよろしく御後援をお願い致します。

九月十六日

木村捨録（一八九七～一九九二）久泉迪雄宛官製葉書
「啓「塔映」批評号」一九九〇年九月十六日付

木村が主宰する歌誌『林間』における久泉迪雄歌集『塔映』批評特集に関する内容。

木村は、福井県出身の歌人。『日本短歌』、『短歌研究』の編集・発行に携わり、昭和二十五年（一九五〇）『林間』を創刊、主宰した。『塔映』には、歌人久泉迪雄にとっての二人の師、木村捨録が序文を、清田秀博が解説を寄せ、また、盟友米田憲三による歌論が収録されている。

中学時代の恩師である清田は、久泉を短歌の道に導いた師であり、木村は、久泉が全国歌壇で仕事をはじめる道を開いた師であった。『塔映』というタイトルは、久泉が「塔影」と書いたところ、木村がふっと鉛筆をとって「塔映」に直したのだという。

久泉は昭和三十五年（一九六〇）に『林間』同人、富山県支部長となり、昭和三十九年（一九六四）頃から『短歌研究』、『林間』に短歌を発表、昭和四十年代から歌論を執筆している。久泉の歌論集『時評的短歌ノート』には、主として『林間』に時評として執筆した文章が収録された。

「つかの間の秋晴れにして焼岳と立山のあいだ紺青日本　木村捨録

つかの間の秋晴れ、焼岳と立山の間に澄みわたった紺青の空、これこそ日本の美しさなのだ　ああ紺青日本、と一気に歌いあげる。単純で大胆な表現の中に憧憬の思いがこもり、青春性にねざした雄大なアングルである。日本アルプス長野方面より遠望しての作。作者は会社経営、林間主宰。福井出身で東京に住む。」

（『富山をうたう』より）

第三章

窓明かり──数学と文学が支えた活動の足跡

「「詩情」というものを、私は特別な才能をもった人だけのものとは思いたくない。むしろ生活を踏まえて、「立山ずってきても」とか、「大根おろしのような」と表現できるようなこころが、とりもなおさず詩情である、と考えるのである。」（『窓明かり』より）

風土に根差した日常のことば、椅子などの暮らしの道具や機械。久泉迪雄は、形あるものに宿る詩情に目を凝らし、短歌、美術、教育の場において、その美を伝え続けてきた。

第三章では、数学・工学と文学の双方に親しみ、多彩な仕事に関わってきたその足跡を自身の短歌や文章とともにたどり、形而下の美の本質を理性的に捉えるまなざしの原点を探る。

久泉迪雄　略年譜

凡例

一、本略年譜は『久泉迪雄 著作・活動の記録─〈蒼穹〉から〈綺羅〉まで─』（綺羅短歌の会）にもとづき、高志の国文学館が作成した。

一、掲載した写真画像は、久泉迪雄提供によるものである。但し、一部、高志の国文学館年報掲載の写真は、（※）を付して区別した。

2020年早春　歌集『季をわたる』を手に

●一九二七（昭和二）〇歳

七月二十五日、東京府豊多摩郡和田堀町に生まれる。父久泉共三・母すまの長男。

河童忌を慎みのぼせ全集の巻を追いつついそしく読まん

芥川龍之介忌（『諷詠』）

昭和二年七月二十五日が、私の誕生日である。その前日の未明、小説家、芥川龍之介が自死を遂げた。父、久泉共三はその知らせを受けて、芥川の家へ駆け付けたという。先輩画家、小穴隆一らとの交流を通じて、芥川とも親交のあった父だった。

そういう次第で父が不在の時間に、私は自宅で呱々《ここ》の声をあげた。田畑と雑木林に囲まれた田舎、東京府豊多摩郡和田堀町（現杉並区和田）にあった家が、私の出生の場所である。

父、共三が、第六回春陽会（昭和三年）に出品した一点に「南縁」という作品があり、その図柄は、庭に張り出たバルコニーに幼児を抱いた婦人が腰かけている。この絵に描かれている家が私の生まれた家であり、またその中に母に抱かれている幼児が、実は一歳の私なのだった。

（『わが半生の記』第十巻より）

久泉共三「南縁」（春陽会絵葉書）

父の絵の「南縁」に描かれ二歳児のわれの抱かれて若き母なり（『後集』）

●一九三二（昭和七）五歳

父の郷里、富山県高岡市に転住。高岡市坂下町に住む。しばらくして同市池之端、そして同市あわら町に転居。

伏木港にて 幼少の頃

幼少時代の絵　花瓶の花を色彩豊かに描く。1933年４月４日と書き入れがある。明確な線や構図は、両親の絵に親しんでいたためという

●一九三四年（昭和九）七歳
高岡市立成美小学校入学。

この頃父は奈良県の長谷寺へ牡丹を描きに出向いており、半年ほど同地に滞在。小学校入学前後は母ひとりに育てられていたことを覚えている。

●一九三五年（昭和十）八歳
父の画業のため、下新川郡内山村宇奈月に滞在。約一年半、同地にあった貸し別荘一想庵に住む。その間、内山村立内山小学校宇奈月分校に通う。

父共三の黒部に描くをガイドせる平蔵との交わりいまに偲ぶも　（『諷詠』）

●一九三六年（昭和十一）九歳
富山市星井町に転居。富山市立星井町尋常高等小学校に転校。

●一九三八年（昭和十三）十一歳
富山市西田地方町に転居。学区は違ったが、転校せず星井町小学校にかよう。

●一九四〇年（昭和十五）十三歳
星井町尋常高等小学校を卒業。同校六年生時には級長を務め、卒業時には優等賞を受ける。

富山県立富山中学校に入学。担任は、篠原博、中村賢美、清水裕、飯坂八英、八十島喜助の各先生。

『寳の國』第29号（富山市星井町尋常高等小学校、1938年７月）
作文「行水」が掲載され、初めて文章が印刷物となった

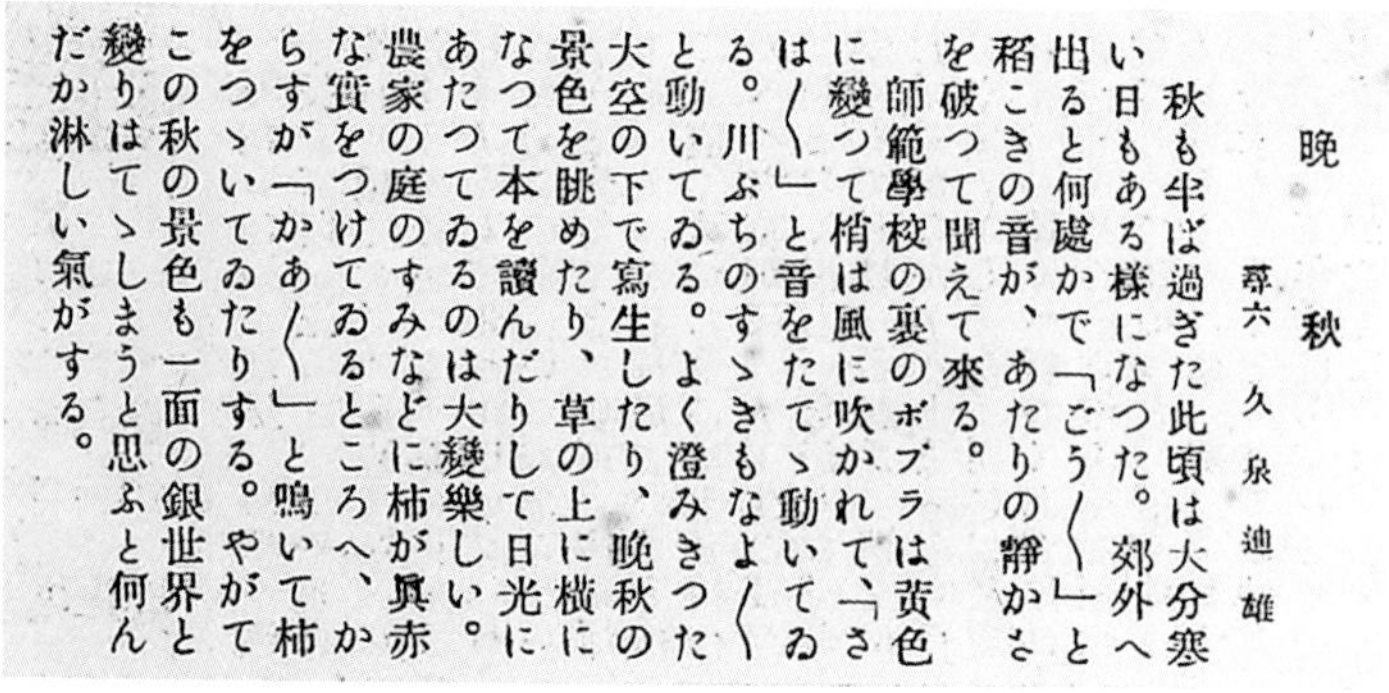

晩秋

尋六　久泉迪雄

秋も半ば過ぎた此頃は大分寒い日もある様になつた。郊外へ出ると何處かで「ごう〳〵」と稻こきの音が、あたりの靜かさを破つて聞えて來る。

師範學校の裏のポプラは黄色に變つて梢は風に吹かれて「さは〳〵」と音をたてゝ動いてゐる。川ぶちのすゝきもなよ〳〵と動いてゐる。よく澄みきつた大空の下で寫生したり、晩秋の景色を眺めたり、草の上に横になつて本を讀んだりして日光にあたつてゐるのは大變樂しい。

農家の庭のすみなどに柿が眞赤な實をつけてゐるところへ、からすが「かあ〳〵」と鳴いて柿をつゝいてゐたりする。やがてこの秋の景色も一面の銀世界と變りはてゝしまうと思ふと何んだか淋しい氣がする。


久泉迪雄「晩秋」（『寶の國』第37号、1939年12月）

地理、理科を好みてありし学び舎の
すでに失せたり統合の果て
富山市立星井町小学校（『諷詠』）

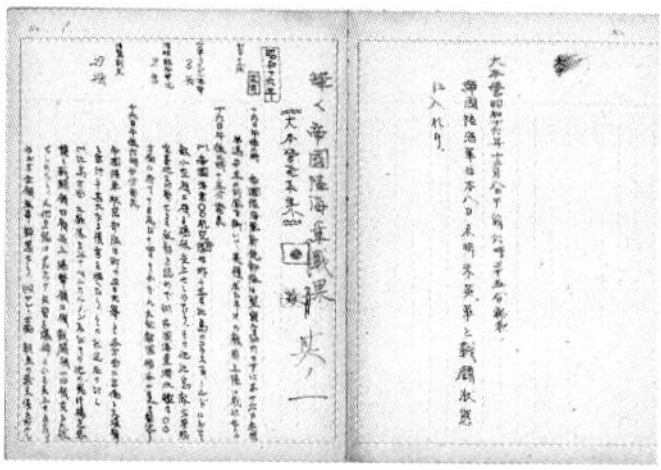

「戰果」（1941年12月８日～1943年４月13日）大本営発表をつぶさに筆録したノート

特異日というそれ　わがことと思う
ほかなし戦争にわかに起こる
一九四一年（『後集』）

●一九四四年（昭和十九）十七歳
学徒勤労動員で五月から富山市東岩瀬の不二越鋼材工業株式会社東富山工場に勤務、生産に従う。

学徒勤労動員の頃

動員の名のもとに、工場で生産に従事していた。いつ戦場に動員されてもよいように、写真を撮り、友人たちと交換しあった。イカニモ緊張しきって真面目に撮ってあるのは、この写真を受験願書にも使ったからである。

（『某月某日』第十六号、一九九七年六月より）

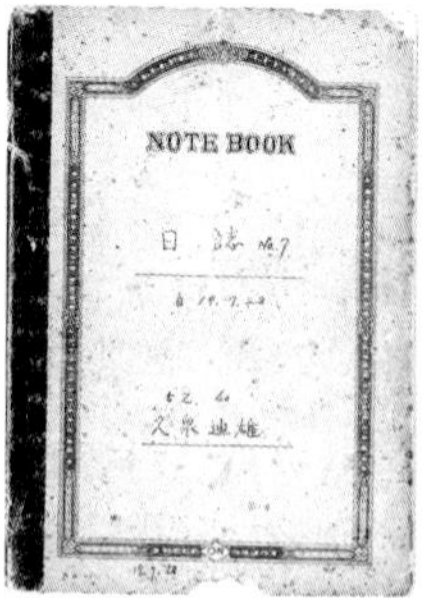

「日誌 No.7」（1944年７月28日～12月８日）　10月10日「松村君より「雪」（中谷宇吉郎著、岩波新書）をかりた」とある。

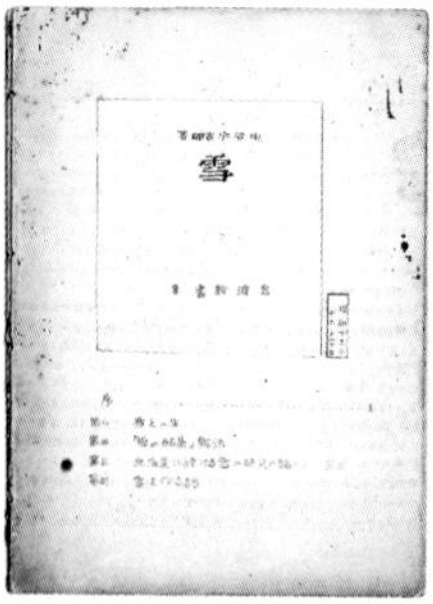

中谷宇吉郎『雪』（岩波新書）を１冊筆写した。1944年12月20日付

宇吉郎寅彦慕いてことごとくその随筆を読みとげし日よ　（『諷詠』）
動員の工場仮眠のとき起きて読みふけりたり漱石、寅彦
寅彦と宇吉郎、貞祐、茂吉全集　日日に離さずいまに読み継ぐ　（『季』）

●一九四五年（昭和二十）十八歳

富山県立富山中学校を卒業。官立金沢工業専門学校本科機械科に入学。戦時特例により、そのまま勤労動員に従い、不二越鋼材工業東富山工場鋼線課で生産に従事。

八月二日未明の富山空襲で爆撃を受け、富山市の自宅が全焼。戦災者となる。中新川郡北加積村四屋の高橋嘉作方に身を寄せる。八月三日、学校からの指示により、石川県小松市浜佐美の小松基地に赴任せるも、何らの指示もなく虚しく帰宅。北加積村にて敗戦の日を迎える。

九月二十日、金沢工業専門学校再開、諸手続きの後、直ちに休講となり、昭和二十一年二月十九日まで自宅待機となる。

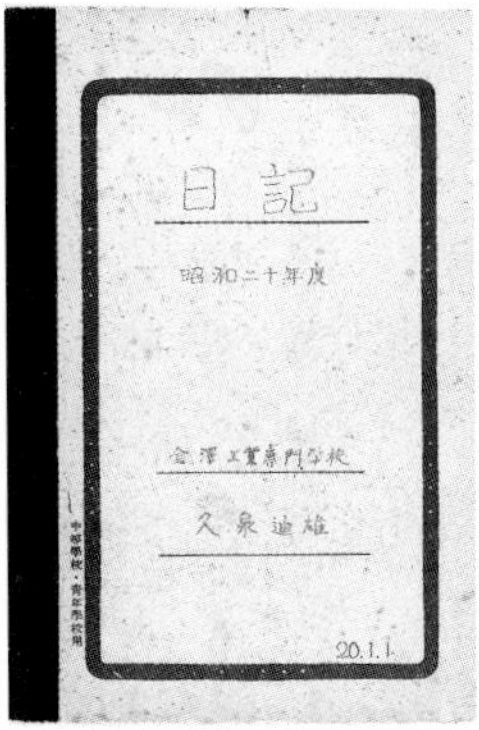

「日記 昭和二十年度」（1945年1月1日～9月3日）
8月2日未明の富山空襲は、富山市内の自宅から、高橋嘉作宅へ疎開していた母を泊りがけで訪問中のことであった。当日の様子が記されている。「化學班の思ひ出」は携行していたため焼失を免れた。

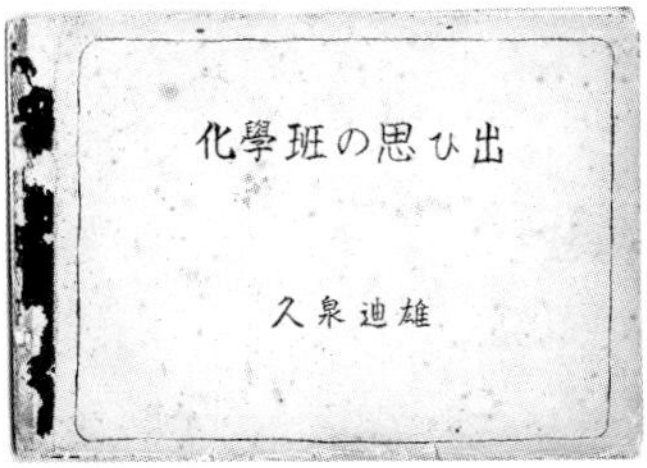

「化學班の思ひ出」（1945年７月10日～1946年１月17日執筆）
「恩師矢後一夫先生に捧ぐ」と献辞がある。矢後先生からはガリ版刷りも教わった。

都市ひとつ空爆に滅びゆくすぶりを踏みて基地へと発ちゆかんとす
　富山空襲一九四五年八月二日
命《めい》なれば小松基地へと発つ朝の富山駅頭焦土の暑し
都市ひとつ消えて成すなき焼け跡の駅頭暑きただ中に立つ
着到の小松の基地か軍工場ぶざまに疎開の機器を積みたる
戦いは止まんとすなる日日にして動員学徒ら孤影を率《ひ》きぬ
たずさうる一冊にして『萬葉秀歌』読まず嚢底にあるに慰む　（『季』）

●一九四六年（昭和二十一）十九歳

二月二十日、学校再開。ようやく戦時体制から平時の学生生活に復する。初め高岡御旅屋町廣野友次方から列車通学。間もなく下宿が決まり、三月から金沢市五寶町五の山崎喜作方に下宿。同年七月、下宿を金沢市十三間町の福田外茂男方に移し、昭和二十三年三月卒業まで、同下宿で暮らす。

金沢工専時代　兼六園にて学友と（前列右）

独文の内田教授に聴きほれしかのドイツ語の詩編浮かびぬ
たちまちに過ぎし青春　長土塀《ながどべ》の道に見あげて松のみどりよ
逍遥歌高吟しつつ高下駄を鳴らせし青春曳きつつ果てず
まがなしき青春の思い顕たせつつ立志を今に慕しみ歩む
（『季』）

恩師清田秀博発行の富中文芸部『緑地』（1947年6月）。卒業生として寄稿した

●一九四八年（昭和二十三）二十一歳
三月、官立金沢工業専門学校本科機械科を卒業。卒業研究は、「研削作業と研削盤について」及び「ブロック・ゲージ概論」。卒業設計は、ペルトン水車であった。

無試験検定により、四月一日付で中学校高等女学校教員の免許を受ける。教科は数学・工業（職業）。

四月、協同機械株式会社（富山市石金）に入社。技手として極小鋼球の製造に従う。十月、不二越鋼材工業株式会社（富山市石金）に推薦入社。技術部設計課に配属、技師補として機械設計と製品試作の業務に従う。

理論値の剰余処理する力量を試されにつつ新卒の位置
用紙いまだ軍用のまま引継ぎて平和産業低迷の日日
ブロックゲージ形単純にして極微測る基準すがすがし照明の下
青春を埋めて気負いたる工場の窓すすけたり今に見て過ぐ
（『遠近』）

回覧誌『蒼穹』第１輯（1949年9月）　初めて鉛筆書きで自作した同人誌。第４号から謄写版とし、1951年11月まで６号を刊行

●一九五〇年（昭和二十五）二十三歳
八月、不二越鋼材工業株式会社を退社。

九月、教職適格審査に合格し、富山市立公立学校教員として採用され、富山市立芝園中学校教諭に就任。担当は、国語。

この年、富山市向新庄に転居。

●一九五一年（昭和二十六）二十四歳
四月、富山市立奥田小学校教諭に就任。四学年担任。この年の秋、富山中学時代の恩師清田秀博の勧めで短歌をはじめる。

復興の校舎狭きより五日制とりてようやく子ら収容す
一クラス六十七人を受け持ちて苦ともせざりし若き日なりき
（『塔映』）

●一九五二年（昭和二十七）二十五歳

四月、富山市立奥田中学校教諭に就任。数学・英語担当。学級担任一年生。校務分担は、教務部。富山市中学校教育研究会数学部会所属。学級担任は、その後在勤中に、二年生、三年生、三年生、一年生、三年生と替わる。この年、富山市丸の内に住む。

清田秀博が主宰する歌誌『紫苑短歌』創刊。

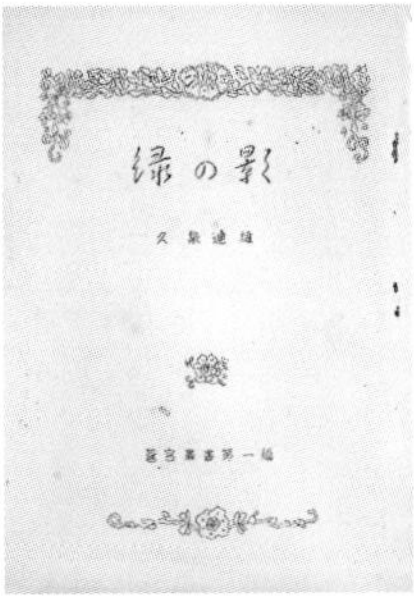

久泉迪雄『緑の影』（私家版、1952年）『北日本新聞』等に掲載された文章を収める

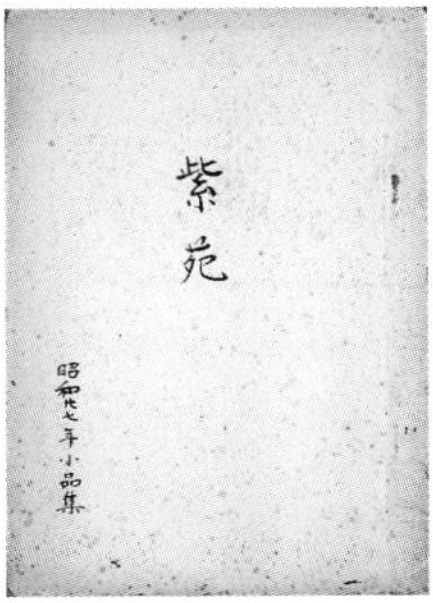

手稿本『紫苑 昭和廿七年小品集』『緑の影』、『紫苑短歌』所載の文章、短歌がペン書きで記される

奥田中学校職員室にて 1953年

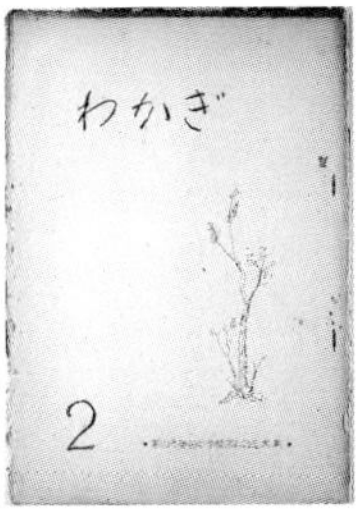

『わかぎ 富山市奥田中学校３年４組文集 2』（1955年３月） 学級文集や同人誌など積極的に編集、発行した

●一九五六年（昭和三十一）二十九歳

第一歌集『夕映』（私家版、一九五六年）

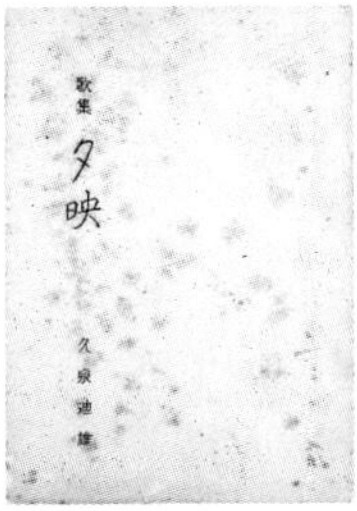

『紫苑短歌』に創刊時から参加して約４年の作品を収める

紅の満ちたる窓ゆ入つ陽ははげしきまでに我をおほひぬ（「序歌」『夕映』）

●一九五八年（昭和三十三）三十一歳

三月、富山県公立学校教員に任用。

四月、富山県立富山工業高等学校教諭に就任。同校機械科に勤務。

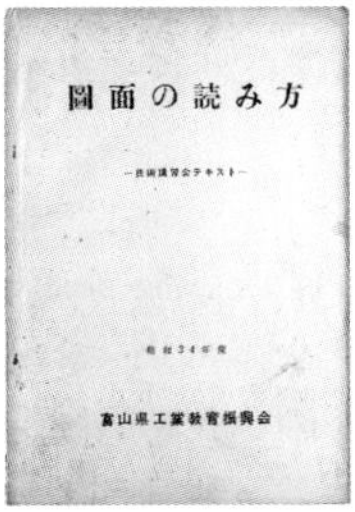

『圖面の読み方 技術講習会テキスト』（富山県工業教育振興会、1959年）
久泉迪雄他、富山工業高等学校教諭が執筆担当

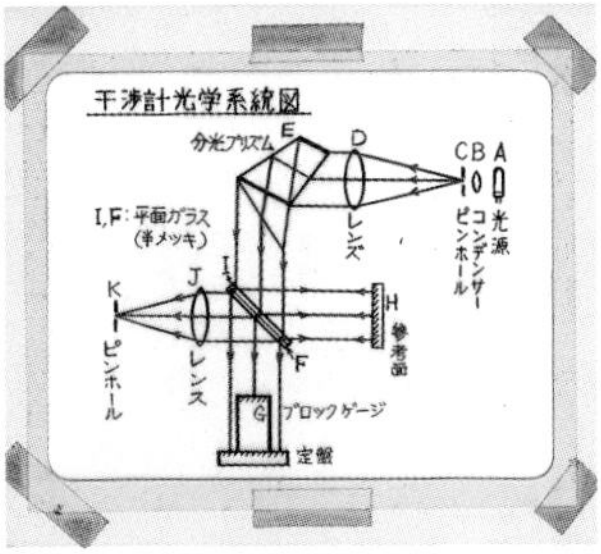

教材として製作したOHPシート

数学と機械工学とを講じたる教師の日日のたのしかりしか（『諷詠』）

●一九六〇年（昭和三十五）三十三歳
木村捨録が主宰する林間短歌会同人となり、富山県支部長を務める。

●一九六一年（昭和三十六）三十四歳
富山県歌人連盟会誌『富山県歌人』創刊。

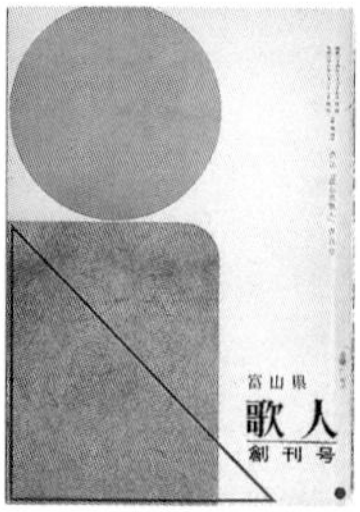

『富山県歌人』創刊号　歌人連盟結成は1954年。同年の富山産業大博覧会を記念して開催された全県短歌大会において、歌人連盟創設が決議された。久泉は、1955年から事務局幹事、1966年に事務局長、1967年より委員を務め、運営に力を尽くした

●一九六二年（昭和三十七）三十五歳
随筆集『文化えとせとら』（私家版、一九六二年）

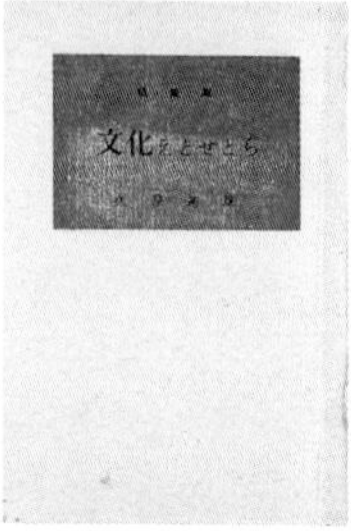

『文化えとせとら』『北日本新聞』、『富山新聞』、『紫苑短歌』等への寄稿を収める

1965年8月30日
富山県短歌大会第7回講師として来県した結城哀草果を案内して立山登山　雄山神社峰本社前にて

●一九六六年（昭和四十一）三十九歳
四月、富山県歌人連盟事務局長を逢坂敏男より引き継ぎ務める

●一九六七年（昭和四十二）四十歳
富山県立雄峰高等学校教諭を兼任。工業一般担当。

1968年11月3日 富山市呉羽山に建立された富山県歌人連盟初代会長小又幸井歌碑除幕式にて 左から久泉、深山榮、小又幸井

●一九七一年（昭和四十六）四十四歳
富山県立富山工業高等学校進路指導主事に就任。同校定時制進路指導部長を務める。

二月二十二日より、『朝日新聞　富山版』において久泉迪雄「富山新歌」連載（一九七三年三月三十一日まで）

小又幸井歌碑除幕式において歌人連盟顧問翁久允（手前右）の前で朗誦

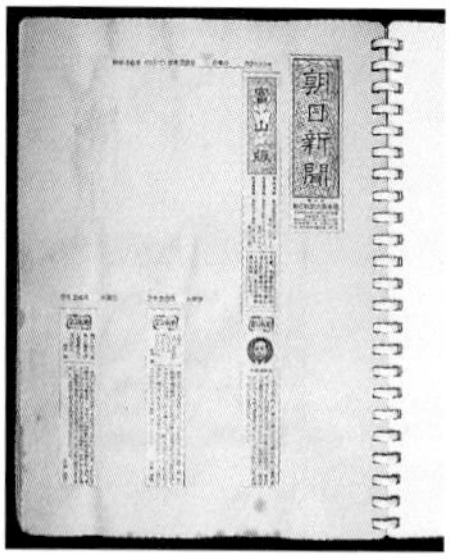

久泉迪雄「富山新歌」スクラップブック（『朝日新聞 富山版』、1971年2月22日-1972年6月20日切抜）連載は後に『富山をうたう』として刊行

●一九七二年（昭和四十七）四十五歳
　富山市建築大工職業訓練所講師を十年間勤続、これにより富山地区建築大工組合より表彰を受ける。富山市地区板金職業訓練所講師を七年間勤続、富山地区板金工業組合より表彰を受ける。

　富山県芸術文化協会設立準備に文芸代表として係わり、十月三十日の同協会設立とともに同協会事務局庶務部長・文芸部長に任じられる。

　八月、県教育委員会職業科教員特別研修に選ばれ、不二越鋼材工業株式会社にて「軸受の測定法」について研究に従事。

●一九七三年（昭和四十八）四十六歳
　五月、富山市建築大工職業訓練所講師、富山市地区板金職業訓練所講師を辞す。

　九月～十二月、富山県立富山高等技能学校専攻科講師、生産工学概論を講ずる。

　短歌作品解説と鑑賞『富山をうたう』（北日本出版社、一九七三年）

久泉迪雄編著『富山をうたう』　富山の自然とこころをうたう短歌764首を選び評した。

●一九七四年（昭和四十九）四十七歳
　二月、「富山県文芸展」が富山県民会館美術館で開催され、実行委員を務める。

　三月、富山市山室に自宅を新築し転居。

　四月、富山県立富山中部高等学校教諭に補せられ、同時に富山県教育センター研究主事に就任、社会教育班に属す。

　七月、富山県教育文化会館が創設され、同会館に設置の県芸術文化協会事務局で協会事務の執行を担当する。また県教育委員会の指示に従い、富山県教育文化会館創設記念行事の立案・実行に当たる。

　十一月九日、富山県歌人連盟主催『富山をうたう』出版記念交歓会が富山第一生命ビル大ホールにて開催される。

『富山県文芸展』図録（富山県芸術文化協会、1974年）

●一九七五年（昭和五十）四十八歳
　富山県工業教育振興会幹事、富山県工業教育フィルムライブラリー運営委員に就く。

出版記念交歓会にて富山県歌人連盟の小又幸井会長より祝辞を受ける

『『富山をうたう』―書評と著者へのことば』（富山県歌人連盟、1974年）

「利賀村大集会“都市と山村のかけはし”」における水車をいかした花の造形
利賀村大集会は、1975年８月23日・24日、富山県芸術文化協会、富山県教育委員会、利賀村、利賀村教育員会主催事業として開催。合掌造りのアトリエで多彩なプログラムが行われ、人々が集った

芸文の企て起こせし初めにて〈都市と山村の架け橋〉精根込めし
一夜さの宿りに膝を交えたる水田外史氏の語りは尽きず
指人形師　水田外史氏（『諷詠』）

富山県芸術文化協会座談会「海外公演、視察の体験から」（1975年12月16日）　左から久泉、小泉博、岡崎星秀、大村輝子、可西希代子、大島秀信、橋爪辰男、石上英将。座談会の内容は『藝文とやま』第４号所載

●一九七六年（昭和五十一）四十九歳
富山県教育委員会事務局職員に任命され、社会教育主事・社会教育部文化課芸術文化係長に就任。

●一九七七年（昭和五十二）五十歳
十月、アメリカ合衆国美術館事情調査に派遣され、初めて海外に渡航。三週間の滞在期間中に、ニューヨーク、ボストン、フィラデルフィア、ワシントンの四都市八館で研修調査に従う。この年、評論家の瀧口修造を東京の自邸に訪ね、指導助言を受ける。

●一九七八年（昭和五十三）五十一歳
県立美術館建設準備室設置。美術館開設準備に携わる。

『県立美術館へのいざない―美術館収蔵作品展』（富山県立美術館建設準備室、1979年）
富山県立近代美術館の開館に先立ち、1979年１月13日から１月19日まで、富山県民会館美術館で開催。県立美術館相談役の河北倫明、山崎覚太郎、大岡信、東野芳明が、美術館創設について寄稿している

●一九八〇年（昭和五十五）五十三歳
十二月、富山県立近代美術館学芸課長兼普及課長に就任。

●一九八一年（昭和五十六）五十四歳
富山県立近代美術館創設、七月四日に

開館、七月五日より一般公開開始。

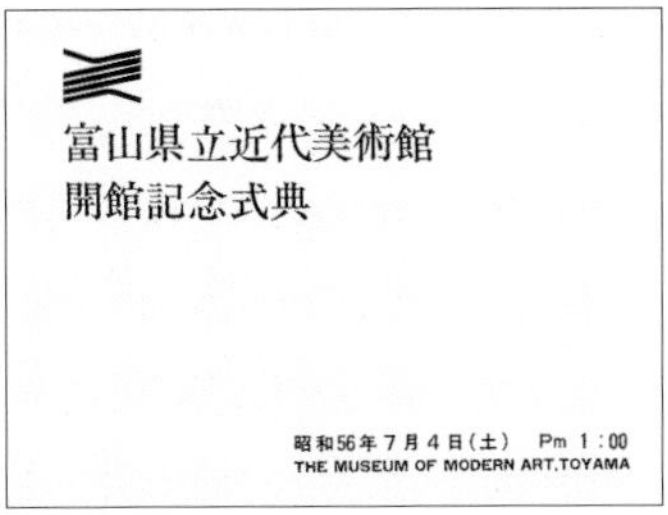
富山県立近代美術館
開館記念式典

昭和56年7月4日(土)　Pm 1:00
THE MUSEUM OF MODERN ART,TOYAMA

『富山県立近代美術館開館記念式典』式次第（富山県立近代美術館、1981年7月4日）　大岡信の詩「美術館で―富山県立近代美術館開館に寄す―」を掲載

新しき美術館像熱こめて語りし瀧口
修造の志をぞ継ぐ
国際作家ここにつどいて開館の
一九八一年七月思えば熱し
常設を巡るいくたび〈二十世紀の美術〉
をたどる至福のときは
創設の意義いまに新しく永井一正語り
続くるビデオに　エントランスロビー
（『とやまの博物館・文化施設を詠む』富山県歌人連盟、二〇〇四年）

●一九八二年（昭和五十七）五十五歳
七月、富山県立近代美術館「第一回現代芸術祭―瀧口修造と戦後美術」開催。学芸課長として携わる。

6月30日「瀧口修造と戦後美術」展開幕前日
中沖豊知事（中央）を案内

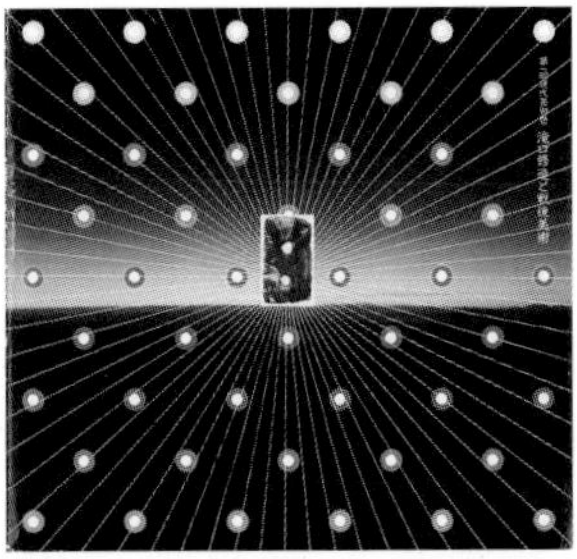
『第１回現代芸術祭―瀧口修造と戦後美術』図録　瀧口修造「美術館計画についての告白的メモ（抄録）」を掲載。関連イベントでは、富山県芸術文化協会が協力

手稿本「時の流れに」1982年1月2日製本。1975年から1981年のペン書きの歌稿を綴じたもの。『塔映』所収歌などを収める。平山郁夫画集の広報パンフレットを装本に使用した

1982年7月1日「瀧口修造と戦後美術」展開幕の日に大岡信と（中央）

●一九八三年（昭和五十八）五十六歳
四月、富山県立近代美術館で置県一〇〇年記念「富山を描く―一〇〇人一〇〇景」展開催。学芸課長として携わる。

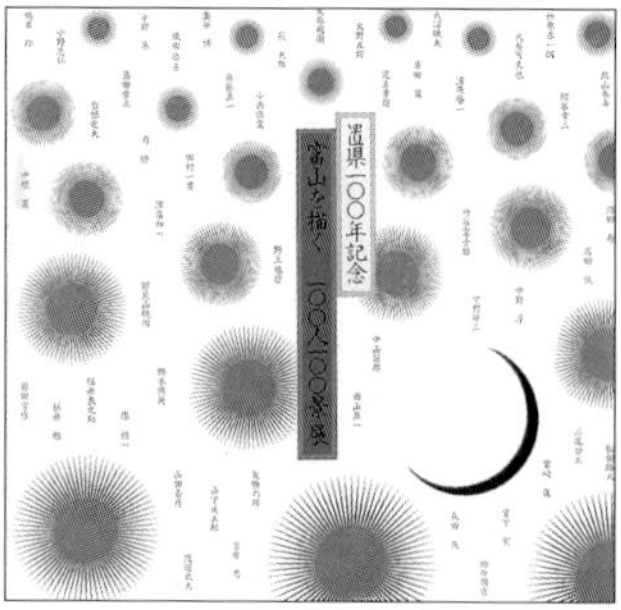

『「富山を描く―100人100景」展』図録　学芸課長として「事業経過からの報告」を執筆した

待たされて萩の自然のさま言えば頷き賜えり元宋先生　奥田元宋先生
忘れえぬたとえば郷倉和子先生　いくたび訪ねし画室明るし
（『諷詠』）

十一月、置県一〇〇年記念第二回「富山県文芸展　文芸が語る　ふるさとの人と心」を富山県民会館美術館にて開催。実行委員長を務める。

●一九八五年（昭和六十）五十八歳
四月、富山県立近代美術館副館長、館長代理に就任。

六月、富山県立近代美術館第一回「世界ポスタートリエンナーレトヤマ」開催。

八月、富山県ハンガリー国文化交流団に加わり、ハンガリーにてデブレツェン、ブダペスト、オーストリアにてウィーンを訪問。

九月、富山県歌人連盟創立三十周年、大伴家持没後一二〇〇年を記念して、富山県歌人連盟、北日本新聞社主催による「富山歌塚」を富山城址公園（現在は、富山市呉羽山）に建立。設立世話人として携わる。


木木芽ぐむ気配に明るき森が見え森放つがに群鳩翔てり（『富山歌塚作品集』）

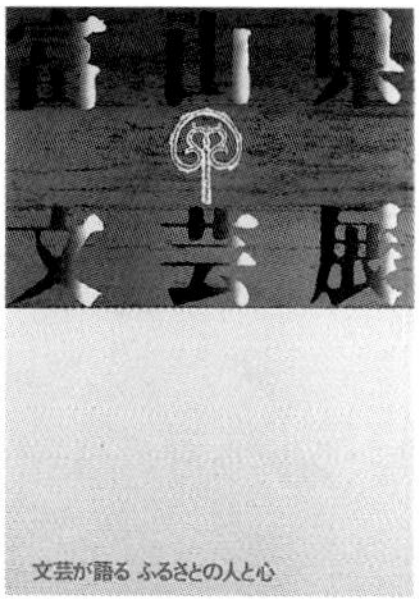

『置県100年記念第２回富山県文芸展 文芸が語る ふるさとの人と心』図録（富山県芸術文化協会、1983年）

●一九八六年（昭和六十一）五十九歳
富山県立近代美術館の企画立案・推進のため、日本国内各地の美術館、博物館、美術作家等関係者を訪問する。

久泉迪雄歌集『冬濤』（金守世士夫木版、緑の笛豆本の会、一九八六年、限定一五〇部）

『富山歌塚作品集』（北日本新聞社出版部、1985年）

『富山県歌壇総覧 富山県歌人 第25号』（1986年３月）

歌人連盟30周年記念事業として刊行された。明治から昭和50年代に至る富山県歌壇の歩みがまとめられている。久泉は、昭和40年代の県歌壇の状況を報告するほか、編集にも協力を惜しまなかった

久泉迪雄歌集『冬濤』
後に『塔映』に収める
短歌30首を収録

●一九八七年（昭和六十二）六十歳

一月～二月、富山県立近代美術館企画「第三回富山国際現代美術展」（七月四日～九月三日）の作家招聘のため、大韓民国ソウル特別市へ出張。同地の国立美術館館長李慶成氏とともに作家選考出品交渉に当たる。

韓国のことば数語をぎこちなく試みて初見のひととき終えぬ　朴栖甫氏ら
（「韓国、ソウル　一九八七年一月」『塔映』）

三月、現代歌人協会会員に推挙され入会。推薦人は、協会理事会。

同月、『紫苑短歌』第一〇〇号記念特別号刊行。二五〇編の作品、文章が寄せられた。立案、編集に携わる。

『紫苑短歌』第100号
（1987年３月）

清田秀博先生に、私がはじめて見《まみ》えたのは昭和十九年にさかのぼる。当時、富山県立富山中学校の四年生であった私は、学徒勤労動員の最中であり、工場で生産に従事していた。ただ、月に二回であったが、登校日というのが設けられており、その年の初冬のたまたま登校した日に、清田先生の新任式が行われたのである。T校長の紹介のことばの中に「先生は、諸君らもよく知っている旺文社にご勤務であった。国語漢文の通信添削を通じて、すでに先生のご厄介になった者がいるかもしれない。」とあったことが印象に残った。その時は、まさか先生の慫慂によって私がのちに短歌を作り、こんにちに至る四十年近い御教導をいただくことになろうことなど、思うはずもなかった。
（「清田秀博・人と作品」『紫苑短歌』第一〇〇号より）

●一九八八年（昭和六十三）六十一歳

県職員の定年に達するも、特命により定年三年間延長。引き続き富山県立近代美術館副館長に在職活動。

六月、ポスターの国際交流シンポジウムに日本代表として参加を命じられ、ポーランド国ワルシャワでの会議及び第十二回ワルシャワ国際ポスタービエンナーレ開会式に出席。あわせて同国にて第十二回クラクフ国際版画ビエンナーレ開会式に参列。その往路ロンドン、帰路パリに滞在し、美術館事情の調査に従う。

〈富山近美〉その名の著名あらためて知りたり欧米美術館の旅
審査員よりも応募者になりたしとポスター・トヤマ展への意欲語りぬ　ポーランド・シベジー氏
（『とやまの博物館・文化施設を詠む』）

ワルシャワに交流図ると招かれて美術交流の日かず返しぬ
ワルシャワと富山繋ぎて対話するミュージアム交流実効として
（『後集』）

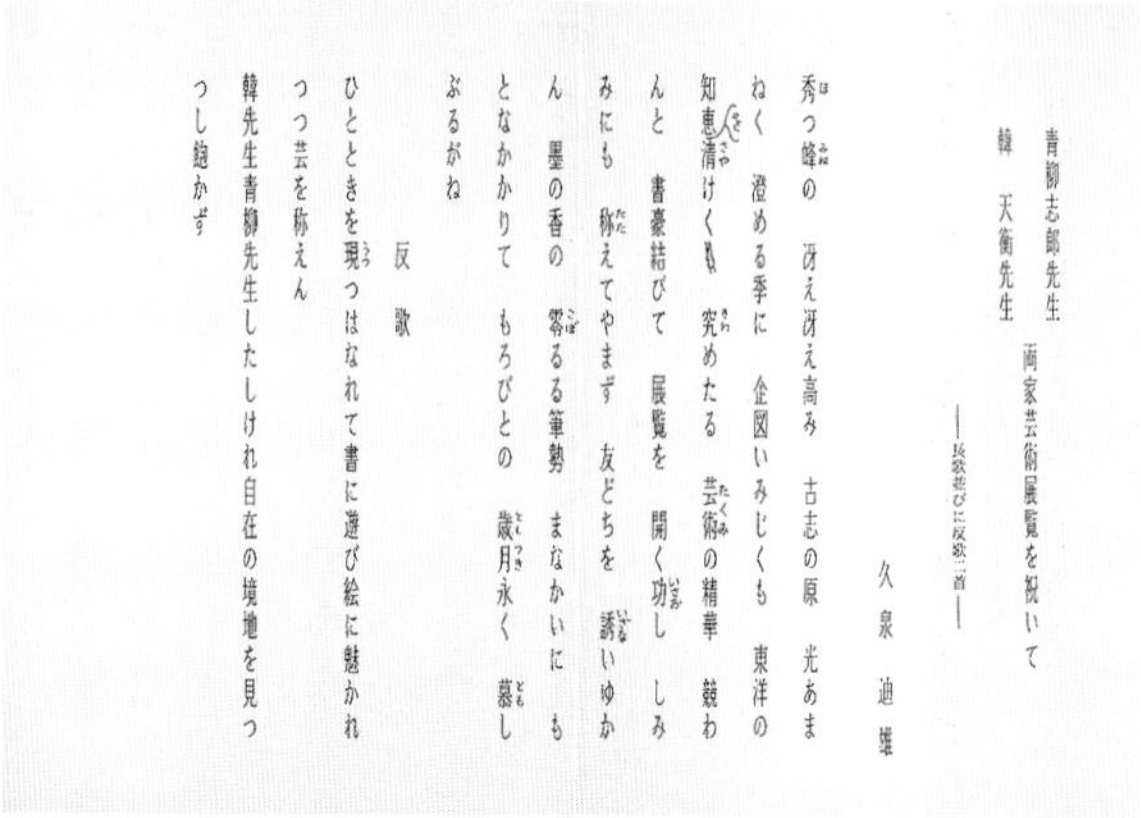
青柳志郎先生
韓　天衡先生　両家芸術展覧を祝いて
—長歌並びに反歌二首—
久泉迪雄

秀《ほ》つ峰《みね》の　冴え冴え高み　古志の原　光あま
ねく　澄める季に　企図いみじくも　東洋の
知恵を清《さや》けくも　究《きわ》めたる　芸術《たくみ》の精華　競わ
んと　書豪結びて　展覧を　開く功《いさお》し　しみ
みにも　称《たた》えてやまず　友どちを　誘《いざな》いゆか
ん　墨の香の　零《こぼ》るる筆勢　まなかいに　も
となかかりて　もろびとの　歳月《としつき》永く　慕《とも》し
ぶるがね

反歌

ひとときを現《うつ》つはなれて書に遊び絵に魅かれ
つつ芸を称えん
韓先生青柳先生したしけれ自在の境地を見つ
つし飽かず

久泉迪雄「青柳志郎先生韓天衡先生両家芸術展覧を祝いて—長歌並びに反歌二首—」原稿
「日中文化交流 日本 青柳志郎 中国 韓天衡 両家芸術展覧」（1988年10月６日－11日、富山大和８階文化ホール）に寄せた歌。『北日本新聞』（1988年10月６日、10面）所載。原稿作成はワードプロセッサを使用し、現在も愛用している

●一九八九年（平成元）六十二歳

富山県立近代美術館「日本海美術展'89公募」展（九月九日～十月二十二日）推進のため、京都府、福井、石川、新潟、山形、秋田各県の県庁、主要美術館を巡回、協力体制を確立。

第二歌集『久泉迪雄歌集』（芸風書院、一九八九年）

『久泉迪雄歌集』

●一九九〇年（平成二）六十三歳

四月、富山県歌人連盟副会長に就任。

十月、高岡市万葉歴史館「万葉を愛する会」設立委員会委員に委嘱。同会発足とともにその委員に就任。

第三歌集『塔映』（KADOKAWA、一九九〇年）

久泉迪雄歌集『塔映』

●一九九一年（平成三）六十四歳

富山美術工芸専門学校非常勤講師（「言語表現」担当）に就く。

講演録『越の海と文芸』（新湊教育委員会、一九九一年）

久泉迪雄『越の海と文芸』

●一九九二年（平成四）六十五歳

三月、富山県理事に昇格。富山県立近代美術館館長代理を退く。富山県職員、定年五年延長をもって退職。

四月、富山県民生涯学習カレッジ客員教授に就任。

八月、第一回ジャパンエキスポ富山'92協賛第三回「富山県文芸展　ふるさと人間賛歌・愛のすがた」が富山大和八階文化ホールで開催され、実行委員長を務める。

『第３回富山県文芸展 ふるさと人間賛歌・愛のすがた』図録（富山県芸術文化協会、1992年）

●一九九三年（平成五）六十六歳
　高岡市民文化振興財団理事、高岡市美術館開館準備室室長に就任、高岡市役所に勤務。

富山県文芸展会場にて　文芸展顧問を務めた岩倉政治

　就任にいたる経緯の裡見えず新聞に載る辞令一行
　　高岡市美術館開設準備室（『遠近』）

●一九九四年（平成六）六十七歳
　四月、三四五建築事務所稲葉實代表の職藝学院設立準備事務に参画。同学院設立準備事務局長に就任。新設の高岡市美術館館長に就任。

　七月、富山県歌人連盟創立四十周年記念シンポジウム「芸術における青春性」を司会。九月、高岡市美術館開館。

　この年、石川県加賀市の中谷宇吉郎記念雪の科学館友の会の設立に関わり、入会。

高岡市美術館館長就任の頃美術館オープンポスター（松永真デザイン）の前で

　創設のことにかかわりし歳月の忘れ難くしてしばしばも訪う
　高岡の美術継ぎ来し名匠の逸品あまた在り創造のこころ伝えて
　（『とやまの博物館・文化施設を詠む』）

●一九九五年（平成七）六十八歳
　富山国際職藝学院の開学準備と高岡市美術館の運営に従事、年間を通して富山市と高岡市とを行き来し続ける。

　四月、高岡市美術館開館記念展「山崎覚太郎展」開催。

　七月、高岡市美術館開館記念展「南桂子・浜口陽三展　メルヘンの情趣と超越した静寂との出会い」開催。

富山県民生涯学習カレッジ客員教授会　1995年11月、県知事公館（現・高志の国文学館）にて。1992年に客員教授に就任し、各種講座の講師を務めた。写真右は、吉崎四郎。県芸術文化協会創設時よりともに文化行政に携わってきた

『南桂子・浜口陽三展 メルヘンの情趣と超越した静寂との出会い』図録

講演録『いい人いい言葉との出会い』（富山県民生涯学習カレッジ、一九九五年）

久泉迪雄『いい人いい言葉との出会い』

●一九九六年（平成八）六十九歳

富山ハイドゥビハール・デブレツェン友好協会参与に就任。

二月、高岡市美術館「グラフィック・コスモス―松永真デザインの世界」展開催。

展覧会記念対談
松永真（右）、久泉（左）

四月、専門学校富山国際職藝学院（現・職藝学院）開校。副学院長に就任。

一九九六年四月、職藝学院の開学に際して、ドイツの若き家具マイスター　ヨハネス・シュトゥーテ氏が、特別講師として指導陣に加わった。氏の手抜きをしない、誠実そのものの仕事ぶりに、教職員も学生たちも、いたく感激したものだが、そのシュトゥーテ氏の残したことばに「いかなる人生、いかなる行い、いかなる芸術にも、先立つべきは手仕事である。」というのがある。これはゲーテの言ったことばであるとのことだったが、職藝学院では、このことばに象徴される〈技とそのこころ〉にいたく共鳴して、これを学院活動の基本的理念に掲げ、ずっと大切にしてきている。

（「〈手仕事への回帰〉」『綺羅』第九号、二〇〇八年四月より）

たしかなる音に釘打つ青年のピアスが
光る屋根の高きに

（『角川現代短歌集成』第一巻、角川学芸出版、二〇〇九年）

九月、第十一回国民文化祭とやま'96文芸祭短歌大会公募短歌作品選者を務める。

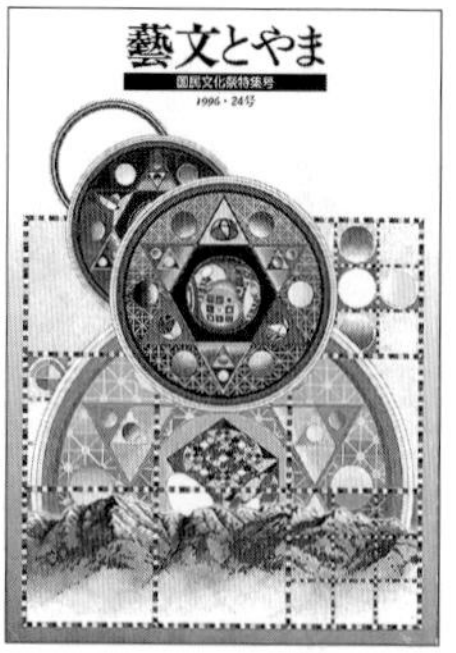

『藝文とやま』第24号（富山県芸術文化協会、1996年3月）　国民文化祭特集号

特別座談会「中沖知事を囲んで 富山の文化を語る」（『藝文とやま』第24号）1996年１月16日 東京・天王洲クラブにて　左から久泉、高野悦子、中沖豊、大岡信、辺見じゅん

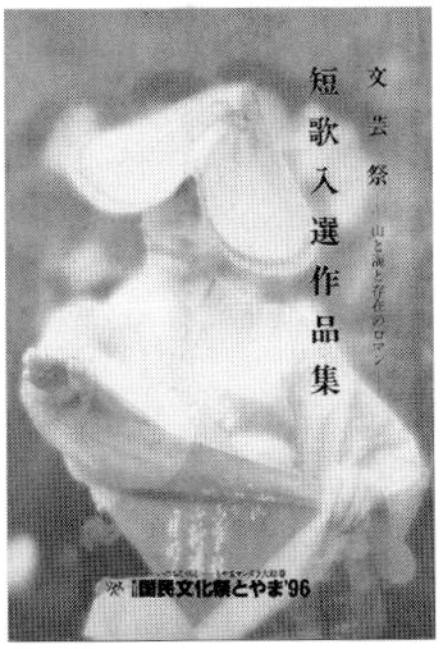

『第11回国民文化祭とやま'96「文芸祭 短歌大会」入選作品集』（1996年９月）

第11回国民文化祭とやま'96文芸祭短歌大会 1996年９月30日 八尾町公民館にて 事前公募短歌入選作品について選評

●一九九七年（平成九）七十歳

四月、富山県文化審議会委員に就任、平成十五年まで務める。同月、富山国際職藝学園名匠情報センター館長に委嘱。

五月、富山県芸術文化協会が社団法人となり、その理事に委嘱。

七月、富山県立近代美術館収蔵美術品選定委員会委員に委嘱。

十一月四日、第五十回北日本新聞文化功労賞を受賞。

短歌作品解説と鑑賞『とやま短歌ごよみ』（シー・エー・ピー、一九九七年）

久泉迪雄編著『とやま短歌ごよみ』『毎日新聞 富山版』「今週の一首」及び『富山と東京』「とやま短歌歳時記」の連載を収載

それぞれの土地に、それぞれの土地に住む人びとの愛着がありますように、富山に住む私は、富山の自然風土を愛してやみません。住む土地への無限の傾倒が、つまりはグローバルな思想の原点であると、私は思うのです。

（「あとがき」『とやま短歌ごよみ』より）

●一九九八年（平成十）七十一歳

五月、富山県芸術文化協会副会長に就任。六月、日本歌人クラブ創立五十周年記念「短歌の世界 近・現代歌人展」委員に委嘱、十二月にかけて実行に当たる。

この年、高岡市民美術展実行委員会委員長、富山県済生会高岡病院治験審査委員会委員、富山県水墨美術館収蔵美術品選定委員会委員に委嘱。

●一九九九年（平成十一）七十二歳

一月、砺波市美術館収蔵美術品選定委員会委員長に委嘱。

四月、大岡信、伊藤桂一の推薦により日本文藝家協会会員となる。

十月、富山市美術文化資料等収集審査会委員長に就任。

第四歌集『遠近の眺め』（短歌新聞社、一九九九年）

久泉迪雄歌集『遠近の眺め』

●二〇〇〇年（平成十二）七十三歳

一月、日本歌人クラブ全日本短歌大会審査員に委嘱、以後十五年間歴任する。

二月、富山県歌人連盟会長に選ばれ就任。

四月、富山市舞台芸術パーク振興協議会委員に委嘱。同月、洗足学園魚津短期大学非常勤講師に就任、クリエイティブ講座・現代短歌の創作鑑賞を担当し、一年間務める。

●二〇〇一年（平成十三）七十四歳

富山県立富山工業高等学校評議員に委嘱（一年間）。富山県立高岡工芸高等学校評議員に委嘱（一年間）。

五月十六日～二十三日、日本・富山県歌人友好訪中団団長に推され、訪中。北京、西安、敦煌、大連を視察、現地の文人と交流。

七月～八月、モナコ国際演劇祭団員に選ばれ、モナコでの公演に参加。帰途、イタリアでミラノ在住の彫刻家吾妻謙次郎を訪ね懇談。

寒山寺の和尚ゆ賀状の届きたり年年にして曾遊の縁　秋爽師

三たびの訪中忘れずかの国の知り人の貌《かお》いまに顕たせて　林林先生、劉徳有先生ら

（「訪中の縁　一月二日」『諷詠』）

日本文学研究会名誉会長林林氏より歓迎の詩を受ける富山県歌人友好訪中団 2001年5月
左から、梅沢直正名誉団長、林林氏、久泉

●二〇〇二年（平成十四）七十五歳

三月～四月、高岡市美術館館長を退く。第二代遠藤幸一館長と事務引き継ぎ、退任あいさつ回り。

三月～七月、紫苑短歌会創立五十周年事業の立案・進行を主体的に実行し完遂。

四月、富山国際職藝学院顧問・特別講師に就任。

五月、日本現代詩歌文学館振興会（岩手県北上市）評議員として同会の北陸信越地区評議員会の富山開催に尽力。

六月、中谷宇吉郎雪の科学館「雪博士がもらった手紙」展開催。中谷宇吉郎の手元に遺されていた久泉からの手紙（一九四六年三月十三日付）と、中谷博士から久泉宛ての返信（一九四六年六月六日付）が展示された。中谷博士からの手紙は、企画展後、中谷宇吉郎雪の科学館に寄贈。あわせて、久泉迪雄手写本「雪」も展示された。

十月二十一日～二十六日、富山県芸術文化協会事業である大韓民国春川市における日韓友好文学シンポジウムに団長として参加、交流。

紫苑短歌会創立50周年の集い 2002年７月14日　富山県民会館　11日から14日まで展覧会「紫苑短歌50年と富山歌壇」を開催
清田秀博（中央）、久泉（左）

宇吉郎の墓碑をたずねてたもとおる柴山潟湖畔の道平らかに

（『後集』）

2002年10月21日～26日　韓国春川市で開催された富山県・江原道友好文学シンポジウムに出席　左から、神通明美、久泉、窪邦雄、山崎寿美子、谷内田重次、池田瑛子

石川県加賀市の中谷宇吉郎墓所にて
2002年７月18日中谷宇吉郎雪の科学館「雪博士がもらった手紙」展にあわせて訪ねた

●二〇〇三年（平成十五）七十六歳

三月二十九日、三十日、中華人民共和国上海市文化芸術界聯合会一行を迎え、五箇山、井波、八尾等の視察案内、富山県歌人連盟主催で歓迎晩餐会を名鉄トヤマホテルで開催。四月三日、東京で行われた日本中国文化交流協会主催中国代表団歓迎パーティに出席。

九月二十七日、北日本新聞ホール（富山市）で行われた富山県芸術文化協会主催「聴く文学の会」の企画・立案・実行に参画、実行にあたる。

十一月十九日、地域文化功労者に選ばれ文部科学大臣表彰を受けることとなり、東京都一ツ橋如水会館で表彰式が行われる。

随想集『窓明かり』（久泉迪雄の本・一、桂書房、二〇〇三年）

久泉迪雄『窓明かり』

請われるままに、また自発的に、書きつづってきた文章が、かなりの分量になる。多く雑文の類だし、短いものが多いから、いまになって見ると、意を尽くしていないものが多い。しかし気持ちとしては、その時どきの事態や事物に感応した私のいつわりのない所感であり、いってみれば、私自身の人生行路の一場面一場面を留めているものとも言えようか。

（「あとがき」『窓明かり』より）

●二〇〇四年（平成十六）七十七歳

富山県立保育専門学院特別講師に委嘱、出講する。

三月十一日、第五十一回富山新聞文化賞を受ける。

八月二十七日、ポトナム短歌会（東京）の越中万葉故地探究会の講師を務め、一行十八名を富山市、高岡市、氷見市の現地に案内。八月、「憲法九条を守る歌人の会」（東京）設立発起人、また「憲法九条の会とやま」の設立呼びかけ人に加わる。和田雄二郎提唱の富山大空襲を語り継ぐ会、とやま朗読劇の会の運動を支援、参加。

十月十六日、十七日、富山県民会館にて富山県歌人連盟創立五十周年兼日本歌人クラブ北陸ブロック大会として第四十五回富山県短歌大会が開催される。立案・実行にあたった。

富山県歌人連盟創立五十周年祝賀会にて

●二〇〇五年（平成十七）七十八歳

四月二十五日～五月五日、富山県芸術文化協会派遣チェコ国立劇場・富山県舞台芸術代表団に参加、プラハ、ブルノに滞在。

十月二十五日、「綺羅短歌の会」創立を決心し、その設立準備会をＡＮＡクラウンプラザホテル富山（富山市）で開催。支持参加予定同人六十一名。以後、「綺羅短歌の会」発足へ向けて活動。

十一月五日、射水市大島絵本館主催の絵本夢創造セミナー「山根基世と語るアンデルセンの世界」に出演し、山根基世と対談。

●二〇〇六年（平成十八）七十九歳

三月二十日、短歌同人誌『綺羅』創刊号を刊行。季刊とする。発行部数創刊号一〇〇〇部、平常号八五〇部。発売元は桂書房。

四月一日、「フォーラム現代短歌」の創立発起人となり、東京で行われた創立総会に出席、理事就任。四月十七日～二十三日、北京にて文学シンポジウム、他に揚州、南京、上海、蘇州を訪問、交流。

五月十日、「フォーラム現代短歌」を「日本短歌協会」とし新発足。常務理事に就任。五月二十日、「綺羅」第一回歌会。発足記念の集い。

『綺羅』第１号（2006年３月）
装幀・挿絵は創刊以来現在に至るまで松倉唯司が手がける

行きつけの喫茶店で小憩のひととき、何ともなく、ふと心に浮かんだのが、実は「綺羅」だった。すぐに「きら星」という用語を思い浮かべ、少し気障かなあ、とも思った。その夜書斎で、ワープロにこのことばを打ち出してみた。そしてこのことばの活字にした字相は、そんな悪くもないな、と思った。数日後、八尾の桂樹舎に立ち寄り、問わず語りのように、吉田桂介氏にこの着想をお話したところ、すぐに「綺羅、いいじゃあないの、余り前例はないようだし。」と賛意を表してくださった。念のため三社ほどの歌壇要覧に当たってみたが、さいわいに同名の会の名、雑誌の名は見当たらなかった。よって新誌名を「綺羅」とし、会の名称を「綺羅短歌の会」と決めることにした次第である。

（「編集室」『綺羅』第一号、二〇〇六年三月より）

●二〇〇七年（平成十九）八十歳

四月十七日～十九日、『綺羅』創刊１周年企画「絵と短歌」展を北日本新聞本社ギャラリーで開催。

「絵と短歌」展の会場案内

五月、富山県芸術文化協会副会長の任期を終え、同協会参議に委嘱。

六月、射水市市民憲章起草委員会副委員長に委嘱。審議を開始し、十一月二十一日、射水市長へ答申。

歌論集『時評的短歌ノート』（久泉迪雄の本・二、桂書房、二〇〇七年）

久泉迪雄『時評的短歌ノート』

私たちの世代は、いわゆる戦中派で、いまの日本の人口構成から言えば、まったくの少数派である。しかし現今の政治の動向や世情を思うとき、にわかにそれに同調する気持ちにはなれず、やはり経てきた時代の反省から、これだけは言っておきたい、という思いに駆られて書いてきたことを、しみじみと思うのである。

さいわい短歌は、日本人の誰もが〈歌ごころ〉を持ち合わせており、従って収めた文章は短歌にかかわりのない読者の皆様にも、わけへだてなく、お読みいただき理解してもらえるものと考えている。

（「あとがき」『時評的短歌ノート』より）

●二〇〇八年（平成二十）八十一歳

三月、富山市民大学三十周年記念式典、勤続表彰を受ける。

●二〇〇九年（平成二十一）八十二歳

一月〜三月、『北日本新聞』「わが半生の記 越中人の系譜」連載。十一月刊行の書籍に収録。

三月一日、「日本短歌協会in富山」を発起、実行。会場は富山県民会館、一八〇名が参集。

四月、富山県歌人連盟会長を辞任、名誉会長に推される。同月、日本短歌協会副理事長兼理事長代行に就任。

五月、富山県ふるさと文学魅力推進検討委員会委員に委嘱。

六月、高岡市万葉歴史館協議会委員に委嘱。

十一月、『わが半生の記 越中人の系譜』第X巻（北日本新聞社、二〇〇九年）

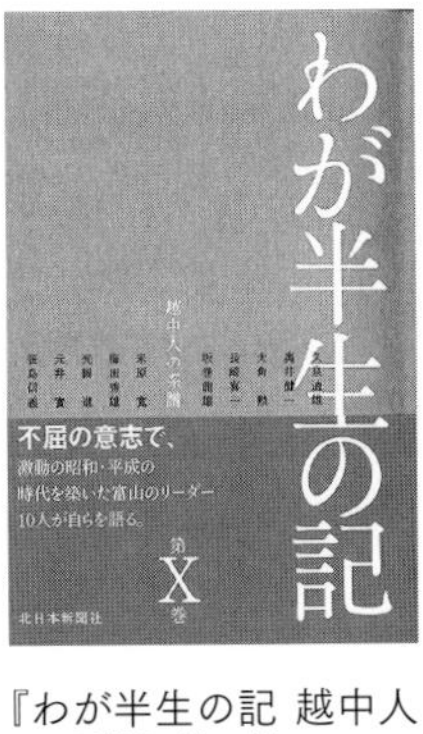

『わが半生の記 越中人の系譜』第X巻

●二〇一〇年（平成二十二）八十三歳

五月九日、第一回日本短歌大会（水戸市）に主催者として参加。

●二〇一一年（平成二十三）八十四歳

四月十六日〜二十日、綺羅短歌の会創立五周年を迎え、記念第二回「絵と短歌」展を北日本新聞ギャラリーで開催。

六月二十六日、久泉迪雄歌碑建設実行委員会発足募金、歌碑除幕式とその祝賀会が開催される。歌碑は、職藝学院キャンパス（富山市東黒牧）に建立、現地で除幕式を執り行い、同日、ANAクラウンプラザホテル富山にて祝賀会を開催。一八〇名の集いとなった。

第五歌集『諷詠三百六十五日』（桂書房、二〇一一年）

久泉迪雄歌集『諷詠三百六十五日』 2001年元旦より毎日作り続けている短歌より、2010年の作品1519首を収録

作歌は、私の暮らしの句読点のようになりまして、今に続いております。
（「あとがき」『諷詠三百六十五日』より）

第２回「絵と短歌」展にて同人と　右より、久泉、池田礼子、畠山満喜子、清水英子

久泉迪雄歌碑除幕式にて　左より、加藤淳、小泉博、河合隆、久泉

竹むらのそよぎさやけく霜にふむ道に
時間の流れはやまず
（歌碑に刻まれた歌 歌集『塔映』所収）

●二〇一二年（平成二十四）八十五歳

三月二十日～四月二十七日、北陸銀行中野出張所の呼びかけに応え「詩歌文人名言のうるおい」展を開催、所蔵資料二十点を出展。

五月十九日、高志の国文学館へ七月六日の開館に先立って文芸資料一〇八点を寄贈。

「辺見じゅんメモリアル展」2012年９月23日～10月14日 高志の国文学館　初代館長に就任予定であった辺見じゅんの一周忌にあわせて開催（※）

文学館の夢を語りて倦むことなし空港
に送迎いくたびの道
（「辺見じゅんさん　四月六日」『後集』）

九月二十日、富山県芸術文化協会主催の邦楽公演「幽郷の雅」において、台本を執筆した「万葉絵巻」が上演される。

●二〇一三年（平成二十五）八十六歳

十月五日、高岡市美術館企画「岸田劉生」展鑑賞会に出席。村上隆館長、雄山達郎（長福寺住職、雄山通季子息）とともに、父久泉共三との縁を含めて岸田劉生を語る。

　十一月、富山県歌人連盟創立六十周年記念事業の企画立案に加わる。

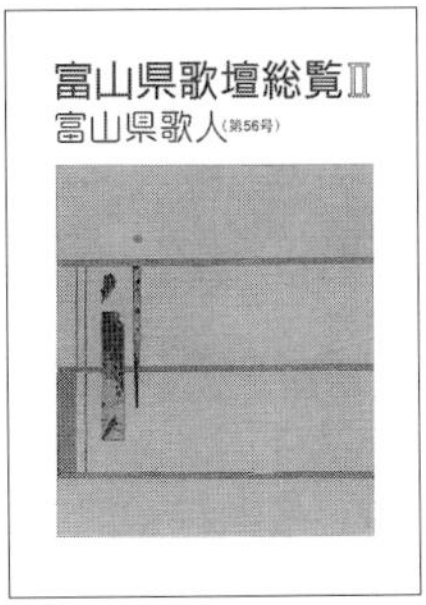

『富山県歌壇総覧II 富山県歌人 第56号』(2015年12月)

2014年に富山県歌人連盟創立60周年を迎えることから、2013年２月の連盟役員会において、記念事業として刊行が発議され、準備が進められた。久泉は、「県歌壇 回顧」、「歌壇アルバム」、「県歌壇史年表」などの編集・執筆を担当した

●二〇一四年（平成二十六）八十七歳
　五月、財団法人高志奨学財団が改組、公益財団法人翁久允財団となるにともない理事に就任。引き続き奨学・学術文化活動への事業に関わる。

　美術論集『美のこころ 美のかたち』（久泉迪雄の本・三、桂書房、二〇一四年）

久泉迪雄『美のこころ 美のかたち』

　私の歩んできた道を振りかえるとき、美術分野に関わってきた歳月は、かなり長くなった。そしてこの分野での仕事はなおも続いており、先輩知友との交わりは深く、多くの恩顧をこうむっている。そしてまた私事ではあるものの、もう一方では、洋画家として生涯を歩んだ両親久泉共三・すまのことを、子として書き残しておきたいという思いを、捨てきれないできた。

（「あとがき」『美のこころ 美のかたち』より）

久泉共三・すま 1965年
鎌倉市極楽寺の自宅

●二〇一五年（平成二十七）八十八歳
　四月、富山県歌人連盟顧問。

　七月十一日、中谷宇吉郎雪の科学館友の会総会（加賀市）で「戦中世代の心に生きる中谷宇吉郎」と題して講演。

　九月七日、富山市民大学特別講座に招かれ、富山市民プラザにおいて「自著『美のこころ美のかたち』を語る」講演。

　十月五日、富山県民会館で開催された「日本ペンクラブ富山の集い」に会員として出席。代表は、中西進高志の国文学館館長。十月十八日、日本ペンクラブ富山の会主催、高志の国文学館共催で「文芸サロン」を創設、メンバーに加わり、第一回を開催、以後、年四回開催。

　第六歌集『季をわたる』（能登印刷出版部、二〇一五年）

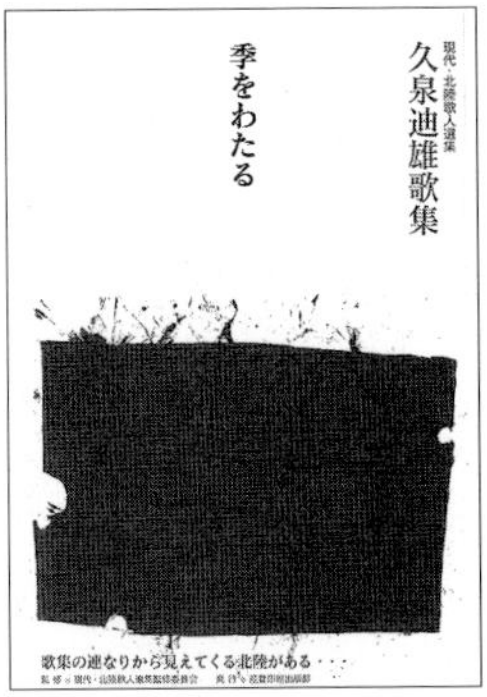

久泉迪雄歌集『季をわたる』

第１回「文芸サロン」高志の国文学館にて
左から、久泉、吉田泉、中西進、池田瑛子（※）

●二〇一六年（平成二十八）八十九歳

四月十五日〜十九日、綺羅短歌の会主催第三回「絵と短歌」展を北日本新聞ギャラリーで開催。

七月三十日、高岡市美術館企画「村上炳人」展記念トークに、村上隆館長とともに出演。八月、綺羅短歌の会「綺羅アンソロジー」第一編を編集刊行。十月十五日、綺羅短歌の会創刊十周年記念の集いを、ANAクラウンプラザホテル富山で開催。

十一月一日、小歌集『在りつる日日の』を編み、泉鏡花記念金沢市民文学賞受賞披露として呈上（三五〇部）。十一月五日、第四十四回泉鏡花記念金沢市民文学賞に歌集『季をわたる』が選ばれ、授賞式が金沢市役所において執り行われ金沢市長から表彰を受ける。

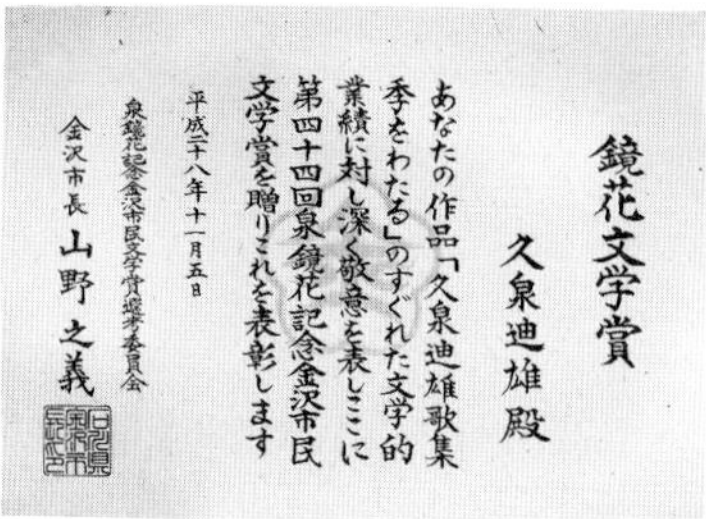

鏡花文学賞
久泉迪雄殿
あなたの作品「久泉迪雄歌集
季をわたる」のすぐれた文学的
業績に対し深く敬意を表しここに
第四十四回泉鏡花記念金沢市民
文学賞を贈りこれを表彰します
平成二十八年十一月五日
泉鏡花記念金沢市民文学賞選考委員会
金沢市長　山野之義

第44回泉鏡花記念金沢市民文学賞賞状

正賞の八稜鏡

十二月二十三日、富山県立近代美術館閉館セレモニーに出席。

創建の頃の思い出たぐりつつミュージアムの床しみじみ辿る

　富山県立近代美術館

ウルマンコレクション収蔵のいきさつなども　営為かさねき

変わらざるジャコメッティの痩身の像懐かしみたもとおるなり

シーガルの石膏像の変わらずに立ちいるドアの漆黒澄みて

〈闘牛場の入り口〉ピカソの制作の色褪せずあり逸品ひとつ

（「プロムナード　七月二十三日」『後集』）

●二〇一七年（平成二十九）九十歳

一月二十七日、劇団文芸座南極公演祝賀会がANAクラウンプラザホテル富山で開催され出席。

二月十一日、高志の国文学館で「富山における短歌の伝統と展開」と題して講演。

三月五日、金沢文芸館に招かれ「いま短歌がおもしろい」と題して講演。

四月五日、大岡信逝去。朝日新聞、毎日新聞、北日本新聞、NHKなどの取材対応。

七月一日、小矢部市万葉短歌大会講師に招かれ、おやべ市民活動サポートセンターで講演、選評。

八月十七日、富山市中学校教育研究会に招かれ、「大岡信さんのこと」と題して、富山県総合運動公園研修室において講演。

八月二十六日、富山県美術館開館記念レセプションに出席。

九月十七日、高志の国文学館で行われた「文芸サロン」で『中谷宇吉郎随筆集』（岩波文庫）について語る。九月二十九日、富山県立小杉高等学校南原繁来任一〇〇周年胸像除幕式に招かれ参列。記念集会で南原繁の短歌作品を語る。

南原繁を讃うる集い　招かれて若き日の像の除幕に参じたり
小杉高等学校（『後集』）

十一月十八日、宇奈月国際会館トークセッション「短歌のこだま」で「立山と黒部の風土と文学」と題して講演。

十二月十日、高志の国文学館講座で「呉羽山の文学を訪ねる」と題して講演。

●二〇一八年（平成三十）九十一歳
とやま舞台芸術祭実行委員会主催、富山県、富山市、富山県文化振興財団、富山県芸術文化協会、北日本新聞社共催による「大伴家持生誕千三百年記念　越中万葉創作舞踊〈万葉高志の国〉」の台本を執筆、原作者となる。同公演が七月二十八日に富山県民会館で行われた。主演は藤間蘭黄、共演は和田朝子、可西晴香、富山県洋舞協会その他、音楽は八幡滋、黒川真理ら。

『久泉迪雄　著作・活動の記録―〈蒼穹〉から〈綺羅〉まで―』（綺羅短歌の会、二〇一八年）

『久泉迪雄 著作・活動の記録―〈蒼穹〉から〈綺羅〉まで―』

●二〇一九年（平成三十一・令和元）九十二歳
●二〇二〇年（令和二）九十三歳
第七歌集『諷詠三百六十五日　後集』（桂書房、二〇二〇年）

久泉迪雄歌集『諷詠三百六十五日 後集』

●二〇二一年（令和三）九十四歳
二月六日、高志の国文学館企画展「久泉迪雄の書斎から―〝悠かなり　富山の文化〟」開催（三月二十七日まで）
『綺羅』第五十号の刊行を予定。創刊十五周年を迎える。

主宰する綺羅短歌の会の歌誌『綺羅』

ワープロに向かう時間の定位置の過ぎゆき重ねて「綺羅」の営み（『諷詠』）
綺羅そして綺羅星ひそけくイメージの歩みかやがて二十年なる
「綺羅」創刊（『後集』）

著作目録

書名	発行所	発行年月日	寸法（縦×横　糎）、頁数	備考
歌集				
夕映	私家版	一九五六年七月二十五日	一六・四×一一・九、五六頁	第一歌集。孔版印刷（久泉迪雄制作）
冬濤	緑の会豆本の会	一九八六年四月一日	一九・三×一二・七、四十頁	短歌三十首、木版画十点（金守世士夫制作）。和紙特漉
久泉迪雄歌集（日本現代歌人叢書第九十四集）	芸風書院	一九八九年十二月十日	二一・六×一五・六、一〇一頁	第二歌集
塔映（林間叢書第二九五編）	角川書店	一九九〇年三月三十日	二一・四×一五・四、二八〇頁	第三歌集
遠近の眺め（林間叢書三七〇編）	短歌新聞社	一九九九年十一月十五日	一九・四×一三・四、二二六頁	第四歌集。松倉唯司装画
諷詠三百六十五日	桂書房	二〇一一年六月二十六日	二一・六×一四・〇、二五四頁	第五歌集。久泉迪雄装幀
季をわたる	能登印刷出版部	二〇一五年九月二十日	一八・八×一三・一、一五一頁	第六歌集。装画・山本廣「呼吸する大地」
在りつる日日の	私家版	二〇一六年十一月三日	二八頁	掌編歌集。泉鏡花記念金沢市民文学賞受賞記念に制作。
諷詠三百六十五日　後集	桂書房	二〇二〇年十月二十日	二一・六×一四・〇、二三八頁	第七歌集。久泉迪雄装幀
論集・文集				
文化えとせとら	私家版	一九六二年二月二十五日	一七・三×一二・〇、一五七頁	随想集。孔版印刷（久泉迪雄制作）
富山をうたう	北日本出版社	一九七三年十一月十五日	二〇・〇×一五・二、二六一頁	短歌作品解説と鑑賞。松倉唯司装幀・挿絵
富山をうたう　書評と著者へのことば	富山県歌人連盟	一九七四年十一月九日	一八・二×一二・九、七八頁	寄書集。松倉唯司装画
越の海と文芸（新湊市民文庫八）	新湊市教育委員会	一九九一年三月三十一日	一八・二×一七・八、九九頁	講演録
いい人いい言葉との出会い（県民カレッジ叢書五十六編）	富山県民生涯学習カレッジ	一九九五年三月二十日	一七・八×一二・六、六七頁	講演録
とやま短歌ごよみ	シー・エー・ピー	一九九七年三月一日	一七・二×一五・四、二三九頁	短歌作品解説と鑑賞。吉野光男装幀、池端滋写真、松倉唯司挿絵
窓明かり（久泉迪雄の本・一）	桂書房	二〇〇三年十月一日	一八・三×一二・五、三三一頁	随想集。松倉唯司装幀・挿絵
時評的短歌ノート（久泉迪雄の本・二）	桂書房	二〇〇七年四月二十日	一八・三×一二・五、三六三頁	歌論集。松倉唯司装幀・挿絵
美のこころ美のかたち（久泉迪雄の本・三）	桂書房	二〇一四年十二月二十日	一八・三×一二・五、四六四頁	美術論集。松倉唯司装幀・挿絵
久泉迪雄　著作・活動の記録―〈蒼穹〉から〈綺羅〉まで―	綺羅短歌の会	二〇一八年七月二十五日	二五・七×一八・二、一三四頁	記録集。松倉唯司装画・挿絵
共著				
わが半生の記―越中人の系譜　第十巻	北日本新聞社	二〇〇九年十一月六日	一八・八×一二・九、二四三頁	収録十人の内
分担執筆				
富山県観光歌集	短歌新聞社	一九七〇年一月一日	一九・〇×一三・三、二五五頁	富山県歌人連盟年刊歌集第八集（昭和四十二～四十四年版）。「馬場島」、「ビル街」、「市内電車」、「富山港夜景」の項
富山県文芸展	富山県芸術文化協会	一九七四年二月一日	二五・七×一八・二、一〇〇頁	
富山県文芸地図	富山県芸術文化協会	一九七四年二月一日	三九・〇×五四・〇、一枚	『富山県文芸展』付録。久泉迪雄（調査・作成）、富山県芸術文化協会（編）
昭和の名歌一六八首	短歌研究社	一九八三年十月	一八・二×一二・八、二二九頁	木俣修の項
置県一〇〇年記念　第二回富山県文芸展　文芸が語る　ふるさとの人と心	富山県芸術文化協会	一九八三年十一月二十三日	二五・七×一八・二、一〇七頁	
風景画全集　美しい日本　五　信州／北陸／飛騨	ぎょうせい	一九八八年一月二十五日	二九・九×三一・〇、一〇三頁	「山河壮なり―立山連峰―」、「奥の細道絵画紀行―北陸編」の項
チューリップが好きになる本	北日本新聞社	一九九〇年三月三十日	二一・一×一八・五、一六三頁	「芸術のなかで　チューリップと美術」、「芸術のなかで　チューリップと文学」の項
第三回富山県文芸展　ふるさと人間賛歌・愛のすがた	富山県芸術文化協会	一九九二年八月二十七日	二五・七×一八・二、八七頁	「相聞歌、さまざまの位相」の項

富山県文学事典	桂書房	一九九二年九月十八日	二一・六×一五・八、五一九頁	一〇四項目
富山の知的生産	富山学研究グループ	一九九三年十月一日	二一・八×一五・九、三六四頁	「演じる歓び、観る楽しみ—劇団文芸座と劇団SCOT」の項
現代の秀歌五〇〇	短歌新聞社	一九九四年五月二十五日	二一・五×一五・七、二七七頁	「鈴鹿俊子」の項
富山大百科事典 上・下巻	北日本新聞社	一九九四年八月一日	二六・五×一九・六、一〇七四頁、一一〇三頁	四十九項目
とっておきの富山	シー・エー・ピー	一九九五年五月一日	一九・一×一三・六、二八一頁	「心象無限、長慶寺の道」の項
こころの健康アドバイス	富山県未来財団・富山県	一九九八年三月	二一・〇×一五・〇、一四五頁	「いい人いい仕事との出会いを大切に」の項
とやまの博物館・文化施設を詠む	富山県歌人連盟	二〇〇四年三月三十一日	二一・〇×一五・〇、一七九頁	富山県歌人連盟創立五十周年記念出版。「セレネ美術館」、「黒部市美術館」、「富山県立近代美術館」、「富山大学附属図書館 ヘルン文庫」、「高岡市美術館」の項
短歌歳時記 下巻	短歌新聞社	二〇〇八年四月八日	一八・七×一三・一、二五三頁	「七月のうた 梅雨明け」の項

※本目録は、『久泉迪雄 著作・活動の記録—〈蒼穹〉から〈綺羅〉まで—』にもとづき高志の国文学館が作成した。
本目録の各項は書籍現物により、頁数は本文頁数を記載した。

主な出品作品・資料

作品・資料名	作者	年代	技法・材料、形態	寸法（縦×横、糎）	備考	所蔵
第一章　美のこころ 美のかたち―風土が育んだ清冽な文化						
大伴家持生誕一三〇〇年記念 越中万葉創作舞踊　万葉高志の国	久泉迪雄（原作）藤間蘭黄（脚本・演出・振付）八幡茂、黒川真理（音楽）舟本幸人（プロデュース）	二〇一八年七月二十八日	映像	―	於富山県民会館ホール、とやま舞台芸術祭実行委員会主催	富山県芸術文化協会
大岩不動尊出現幻想図	前田常作	一九八一年	アクリル・キャンバス	一三〇・二×九七・四		富山県美術館
樹間	大島秀信	一九八三年	紙本彩色	一六二・一×一一二・一		富山県美術館
冬の視角	三尾公三	一九八〇年	アクリル・合板	一二〇・二×一九四・〇		富山県美術館
白いつるばら	浅井景一	一九七九年	油彩・カンヴァス	七二・七×九〇・九		高岡市美術館
5月の丘	橋本博英	一九九七年	油彩・カンヴァス	一一二・〇×一六二・〇		高岡市美術館
村の人	松倉唯司	一九七八年	油彩・カンヴァス	一三〇・三×一六二・一		高岡市美術館
少女と木	南桂子	一九六八年	油彩・カンヴァス	三五・〇×二七・〇		高岡市美術館
テーブル	ヨハネス・シュトゥーテ	一九九〇年代	木、テーブル	一二〇・〇×九五・〇×高さ七五・〇		職藝学院
椅子	ヨハネス・シュトゥーテ	一九九〇年代	木、椅子	四六・〇×四三・五×高さ九二・〇		職藝学院
椅子	職藝学院学生	一九九六年以降	木、椅子	三九・三×四三・三×高さ八五・〇	三点	職藝学院
たしかなる音に釘打つ青年のピアスが光る屋根の高きに	久泉迪雄（短歌）柿谷理実（書）	一九九六年以降	墨書・紙	四一・八×一三・七		職藝学院
第二章　いい人いい言葉との出会い―書斎の書画と書簡の物語						
高岡市美術館オープンポスター	松永真	一九九四年	オフセット・紙	一〇三・〇×七二・八		高岡市美術館
祝宴	松永真	一九九六年	シルクスクリーン・紙、軸	軸一〇八・〇×四五・七		個人蔵
寒菊図	久泉共三	―	紙本彩色、軸	九九・五×二四・〇		個人蔵
花	久泉共三	一九六五～一九七四年	油彩・カンヴァス	三三・四×二四・五		高岡市美術館
弥生丸壺の椿	久泉すま	一九六五～一九七四年	油彩・カンヴァス	四五・五×三七・七		高岡市美術館
（観音像）	翁久允	一九四五年	紙本墨筆、軸	一四一・〇×二六・〇		個人蔵
和敬清寂	會津八一	―	墨書・紙	三二・〇×四一・八		個人蔵
富山縣立美術館への期待	山崎覚太郎	―	インク、原稿用紙	二五・七×三五・八	二枚。『県立美術館へのいざない―美術館収蔵作品展』（富山県立美術館建設準備室、一九七九年）所載	個人蔵
蝶来る時花開く	河北倫明	―	墨書、色紙	三三・三×二四・二	『綺羅』第四十九号（二〇二〇年十一月）参照	個人蔵
いにしへに人麻呂なりし灰もきて遊ばぬものかわれの小部屋に	大岡信	―	墨書、色紙	二七・二×二四・二	『綺羅』第四十六号（二〇一九年七月）参照	個人蔵

久泉迪雄宛便箋「先日は利賀村まで」	東野芳明	八月二十八日付	インク・紙	二一・〇×二八・八	一枚	個人蔵
富山県立近代美術館一同宛絵葉書『週刊読売』4／5号に」	東野芳明	一九八一年三月三十日付	インク・紙	一〇・二×一四・七		個人蔵
県立美術館へのいざない—美術館収蔵作品展	富山県立美術館建設準備室	一九七九年	印刷、冊子	二五・七×一八・二		個人蔵
富山県立近代美術館　THE MUSEUM OF MODERN ART, TOYAMA　昭和56年7月開館	富山県立近代美術館	一九八一年頃	印刷、冊子	二四・五×一三・〇		個人蔵
富山県立近代美術館開館記念式典式次第	富山県立近代美術館	一九八一年七月四日	印刷・紙	一三・〇×一八・二		個人蔵
久泉迪雄宛封書「富山新聞の原稿の件」	小川正隆	一九八二年一月十七日付	インク・紙	封二七・七×二一・九 箋二五・二×一八・四	便箋三枚	個人蔵
美術館にて	大岡信	一九九一年七月四日	印刷、冊子	一三・〇×一八・三	「富山県立近代美術館開館十周年に寄せて」	個人蔵
旅中舊詠　馬入川みいれば涙とどまらず静かなる日にたかき水音	中川一政	—	墨、色紙	二七・四×二四・二	『綺羅』第四十二号（二〇一七年十二月）参照	個人蔵
久泉共三宛官製葉書「お家の重寶を」	棟方志功	一九四七年十月四日消印	墨・紙	一五・〇×一〇・〇		南砺市立福光美術館
久泉共三宛官製葉書「北陸展の審査員」	棟方志功	一九四七年十月四日消印	墨・紙	一五・〇×一〇・〇		南砺市立福光美術館
この川をわたくしは好きですネ	棟方志功	一九四八年頃	木版・紙	二三・三×一六・八	「瞞着川板画巻」作品の一つ	南砺市立福光美術館
（柿図）	棟方志功	—	木版・彩色・紙	一六・二×一一・三		個人蔵
星マンダラ	前田常作	一九八九年	リトグラフ・紙	二四・九×二〇・〇		個人蔵
湖山〈白華〉	金守世士夫	—	木版・紙	二〇・四×一六・九		個人蔵
冬濤	久泉迪雄（短歌） 金守世士夫（木版画）	一九八六年	木版・活版・特漉和紙、書籍	一九・三×一二・七	緑の笛豆本の会	個人蔵
（少女）	松倉唯司	—	パステル・水彩・紙	二一・五×一八・三		個人蔵
少女	林清納	—	木炭・彩色、色紙	二七・五×二四・三		個人蔵
輪舞	鶴谷登	一九八八年	シルクスクリーン、色紙	二七・四×二四・二		個人蔵
花	野上祇麿	—	油彩・カンヴァス	一〇・〇×一四・八		個人蔵
久泉迪雄宛絵葉書「福野町展お世話様でした」（国際郵便）	長崎莫人	一九九四年五月二十九日付	インク・紙	一〇・五×一五・〇	発信地ロンドン	個人蔵
久泉迪雄宛絵葉書「インドの石窟寺院」（国際郵便）	長崎莫人	一九九四年十一月二十日付	インク・紙	一〇・四×一四・五	発信地カンボジア	個人蔵
久泉迪雄宛絵葉書「またインドに」（国際郵便）	長崎莫人	一九九五年二月二十七日付	インク・紙	一〇・二×一五・二	発信地インド	個人蔵
久泉迪雄宛絵葉書「今年二度目のインド」（国際郵便）	長崎莫人	一九九六年二月九日付	インク・紙	九・七×一五・二	発信地ボンベイ（インド）	個人蔵
久泉迪雄宛絵葉書「ブータンに来ています」（国際郵便）	長崎莫人	一九九六年六月二十九日付	インク・紙	一二・一×一八・〇	発信地ティンプー（ブータン）	個人蔵

作品・資料名	作者	年代	技法・材料、形態	寸法（縦×横、糎）	備考	所蔵
久泉迪雄宛絵葉書「ナータムの祭と」（国際郵便）	長崎莫人	一九九七年七月十二日付	インク・紙	一〇・六×一四・八	発信地ウランバートル（モンゴル）	個人蔵
午歳	齋藤清策	二〇〇二年	彩色、色紙	二七・四×二四・二		個人蔵
久泉迪雄宛葉書「北日本美術賞授賞の際には」	横山豊介	一九八二年七月十七日消印	木版・インク・和紙	一〇・二×一五・〇		個人蔵
雀	彼谷芳水	—	彩色、色紙	二七・三×二四・三		個人蔵
久泉迪雄宛絵葉書「お世話になっています」（国際郵便）	加賀谷武	一九九九年四月二十五日消印	インク・紙	一〇・六×一四・九	発信地ウィーン	個人蔵
称名滝	浅井景一	—	彩色、色紙	二七・四×二四・二		個人蔵
メッセージ	橋本博英	一九九七年	複写物	一八・四×二五・九	二枚。『光と風のコンチェルト　橋本博英展』（高岡市美術館、一九九七年）所載原稿の複写物	個人蔵
文化と文明	吉崎四郎	—	墨書、色紙	二七・四×二四・二	本文「文明は悪魔の囁き文化は良心の叫び」	個人蔵
截られた花は刹那に生き残され命を燃える截った責任は重く厳しい	岡崎星秀	—	墨書・彩色、色紙	二七・三×二四・三	『綺羅』第三十九号（二〇一六年八月）参照	個人蔵
流泉作琴	鶴木大壽	—	墨書、色紙	二七・四×二四・二	出典『碧巌録』第三十七則盤山三界無法	個人蔵
朝	青柳志郎	一九七四年一月一日	墨書、色紙	二七・三×二四・三		個人蔵
青柳志郎先生韓天衡先生両家芸術展覧を祝いて—長歌並びに反歌二首—	久泉迪雄	—	ワープロ入力原稿	二五・七×三六・四	「日中文化交流 日本 青柳志郎 中国 韓天衡 両家芸術展覧」（一九八八年十月六日〜十一日、富山大和八階文化ホール）に寄せた歌	個人蔵
秋園踏月	青柳石城	—	墨書、色紙	二七・四×二四・四		個人蔵
私とユーモア小説	源氏鶏太	一九七三年二月十二日消印	インク、原稿用紙	二六・一×三八・〇	封筒付属。『藝文とやま』第一号（一九七三年三月）原稿	高志の国文学館（久泉迪雄氏寄贈）
憮然年令	岩倉政治	—	インク、原稿用紙	二五・一×三五・四	『藝文とやま』第一号（一九七三年三月）原稿	高志の国文学館（久泉迪雄氏寄贈）
遊煩悩林現神通	岩倉政治	一九九〇年十月十日（作成）	墨書、色紙	二七・〇×二四・〇		高志の国文学館（久泉迪雄氏寄贈）
田舎育ちの功徳	佐伯彰一	—	インク、原稿用紙	二五・〇×一七・四	『藝文とやま』第二号（一九七四年三月）原稿	高志の国文学館（久泉迪雄氏寄贈）
越中瀬戸焼の芸術性	長島勝正	—	インク、原稿用紙	一八・一×二五・五	『藝文とやま』第二号（一九七四年三月）原稿	高志の国文学館（久泉迪雄氏寄贈）
生活文化の一つについて	大島文雄	—	インク、原稿用紙	二〇・六×一九・五	『藝文とやま』第二号（一九七四年三月）原稿	高志の国文学館（久泉迪雄氏寄贈）
雪に埋れたノートから—断片・芸術と闇と—	津山昌	—	インク、原稿用紙	二一・〇×三〇・三	『藝文とやま』第三号（一九七五年三月）原稿	高志の国文学館（久泉迪雄氏寄贈）
月明	岡部文夫	—	インク、原稿用紙	二四・五×一七・五	歌稿。『紫苑短歌』第一〇〇号（一九八七年三月）原稿	高志の国文学館（久泉迪雄氏寄贈）
湧沸する富山文芸のエネルギー	八尾正治	—	鉛筆、原稿用紙	二五・〇×三五・八	『紫苑短歌』第一〇〇号（一九八七年三月）原稿	高志の国文学館（久泉迪雄氏寄贈）
五十嵐篤好の『ふすしのや詠草』について	廣瀬誠	—	インク、原稿用紙	二五・五×一八・〇	『紫苑短歌』第一〇〇号（一九八七年三月）原稿	高志の国文学館（久泉迪雄氏寄贈）

百号の喜びを	広川親義	—	インク、原稿用紙	二五・二×三五・六	『紫苑短歌』第一〇〇号（一九八七年三月）原稿	高志の国文学館（久泉迪雄氏寄贈）
朱にしみあけにきわまり夕つく日大立山の峰々照らす	小又幸井	—	墨書、色紙	二七・〇×二四・〇	歌碑（富山市呉羽山）の原稿	高志の国文学館（久泉迪雄氏寄贈）
久泉迪雄宛封書「秋香清涼」	高橋良太郎	一九六八年十月三十日付	インク、原稿用紙	二五・〇×一七・五	小又幸井歌碑建設に関する内容	高志の国文学館（久泉迪雄氏寄贈）
立山をはなるゝ月のまとかにてあし洗ふ馬もわれもかけ顕つ	岩城正春	—	墨書、色紙	二七・〇×二四・〇	歌碑（富山市、刀尾神社）の原稿	高志の国文学館（久泉迪雄氏寄贈）
夕山を男ばかりの氣安さに越えんとすなり朴ノ木のはな	大坪晶一	一九六二年九月二十三日	墨書・彩色、色紙	二七・四×二四・二	『綺羅』第二十六号（二〇一二年八月）参照	個人蔵
こね上げて漆のかたまりを握りしむ土と異なるこのあたゝかさ	木村玄外	—	墨書、色紙	二七・四×二四・三	『綺羅』第二十一・二十二号（二〇一一年八月）参照	個人蔵
大連華の山々雪を荘厳すふるさとの秋深まりしかな	広川親義	—	墨書、色紙	二七・〇×二三・八	歌碑（朝日町城山公園）の原稿	高志の国文学館（久泉迪雄氏寄贈）
立山の鼓動きこゆるおもひする雪ふかぶかと天に顕つあさ	深山榮	—	墨書、色紙	二七・〇×二三・八	歌碑（富山市大山）の原稿	高志の国文学館（久泉迪雄氏寄贈）
いかるかの里は菜のはなさかりなり花に埋もりて塔ちさく見ゆ	深山榮（短歌） 吉沢弘（画）	—	墨書・彩色、色紙	二七・三×二四・三	書画（木槿図）。『綺羅』第二十九号（二〇一三年五月）参照	個人蔵
父母の鎮まりいますかの山にわが骨もまた埋めんといふ	吉沢弘	—	墨書・彩色、短冊	三六・三×六・二	書画（花図）	個人蔵
雷遠く鳴りてひそまりし夕べにて荒磯激しくゆきふりはじむ	米田憲三	—	墨書、色紙	二七・二×二四・二		個人蔵
ゆめさめてさめたるゆめは恋はねども春荒寥とわがいのちあり	筏井嘉一	—	印刷、色紙	二七・三×二四・二	『荒栲』所収歌	個人蔵
ブナの樹林黄のひと色に華やげどすでに初冬の寂けさをもつ	ひでお・かみはら	—	墨書、色紙	二七・二×二四・三	『綺羅』第二十七・二十八号（二〇一三年一月）参照	個人蔵
剣嶽あはれ数千年の氷雪にさけ削けて八つ峰前剣なす	柳瀬留治	—	墨書、色紙	二七・二×二四・二	『綺羅』第十八号（二〇一〇年八月）参照	個人蔵
泉めづ児かそいろのめつこ清きむねにきよき歌心わかむ日をこそ	佐々木信綱	—	墨書、色紙	二七・二×二四・二	『綺羅』第四十一号（二〇一七年六月）参照	個人蔵
冬の湖の水を信していきてゐるはけしき鱒はあふらすくなし	生方たつゑ	—	墨書、短冊	三六・四×六・一	『綺羅』第四十五号（二〇一九年二月）参照	個人蔵
流氓のおもひを持ては黄にてれる山みな流れゐる如く見ゆ	福田榮一	—	墨書、色紙	二七・二×二四・二	『綺羅』第十号（二〇〇八年八月）参照	個人蔵
泉石の時雨に濡るるつやみれはみ冬のさびもいとゝ深めり	木俣修	一九七五年	墨書、短冊	三六・四×六・七	『綺羅』第四十四号（二〇一八年十月）参照	個人蔵
久泉迪雄宛絵葉書「一方ならぬ」	宮柊二	一九六九年九月十八日消印	インク・紙	一四・六×一〇・〇		高志の国文学館（久泉迪雄氏寄贈）
久泉迪雄宛封書「御無沙汰を」	宮英子	一九八四年八月二十一日消印	墨・紙	二五・五×一八・〇	便箋四枚	高志の国文学館（久泉迪雄氏寄贈）
やまくにのはるのとほさよゆふそらはもえておもひをふかむるらしも	齋藤史	—	墨書、色紙	二七・四×二四・〇	『綺羅』第三十二号（二〇一四年四月）参照	個人蔵
花びらに花びらのかげ落しゐる晴れたる朝の木蓮のはな	藤田福夫	—	墨書、色紙	二七・二×二四・二	『綺羅』第二十五号（二〇一二年五月）参照	個人蔵

作品・資料名	作者	年代	技法・材料、形態	寸法（縦×横、糎）	備考	所蔵
久泉迪雄宛封書「このたびの富山行は」	結城哀草果	一九六五年九月五日付	インク・紙	封二一・五×八・四 箋二三・二×一八・〇	便箋二枚	個人蔵
山行くはたのしからずや高山の青雲恋ひて今日も山ゆく	結城哀草果	一九六五年八月三十日	墨書、色紙	二七・三×二四・二	便箋二枚。『綺羅』第二号（二〇〇六年七月）	個人蔵
美意延年	中河与一	―	墨書、色紙	二七・〇×二四・〇		高志の国文学館（久泉迪雄氏寄贈）
冬の虹さやかにふとし潮けふる紀伊水道の沖のたゞなか	窪田章一郎	―	墨書、色紙	二七・四×二四・四	『綺羅』第四十八号（二〇二〇年五月）参照	個人蔵
いつの世か作られし歌を時が洗ひのこりのこりし一首をたふとぶ	長沢美津	―	墨書、色紙	二七・二×二四・二	『綺羅』第十九号（二〇一〇年十一月）参照	個人蔵
重くゆるく林の中をくだる影鳥はいかなる時に叫ぶや	高安國世	―	墨書、色紙	二七・二×二四・三	『綺羅』第四号（二〇〇六年一月）参照	個人蔵
春三月リトマス苔に雪降って小鳥のまいた諷刺のいたみ	加藤克巳	―	墨書、色紙	二七・二×二四・二	『綺羅』第十二号（二〇〇九年二月）参照	個人蔵
くれなゐに咲ける芙蓉の根かたには土に落ちたるはなから幾つ	玉城徹	一九七六年	墨書、色紙	二七・三×二四・三	『綺羅』第十三号（二〇〇九年五月）参照	個人蔵
高志路	阿部正路	―	インク、原稿用紙	二四・三×一七・六	歌稿。原稿用紙五枚	個人蔵
スクラップブック（久泉迪雄「富山新歌」、『朝日新聞 富山版』切抜）	久泉迪雄	一九七一年二月二十二日～一九七二年六月二十日	新聞切抜、スクラップブック	三〇・五×二三・七	『朝日新聞 富山版』連載。『富山をうたう』（北日本出版社、一九七三年）の初出。	個人蔵
春となる夜ごとの雨よ降りぬれて木の芽はみどりのともしびの如	近藤芳美	―	墨書、色紙	二七・三×二四・二	『綺羅』第五号（二〇〇七年三月）参照	個人蔵
耀へるしろ妙の雪湖の雪ゆきてかへらすなりしまほろし	武川忠一	―	墨書、色紙	二七・三×二四・三	『綺羅』第二十号（二〇一一年二月）参照	個人蔵
波たゝす月のまとかにうつれるになかめもあかず人のゐるかな	片山貞美	―	墨書、色紙	三三・三×二四・二	『綺羅』第七号（二〇〇七年十月）参照	個人蔵
鳴りいづる電話まつ間のひとゝきか心はさやぐ朝のデスクに	篠弘	―	墨書、色紙	二七・三×二四・三	『綺羅』第八号（二〇〇八年二月）参照	個人蔵
久泉迪雄宛官製葉書「演題「歌の発見」」	馬場あき子	一九八八年六月五日消印	インク、紙	一四・九×一〇・一		個人蔵
二上山にのぼりゆくときゆくえなくきこえし鈴の音をあはれむ	石黒清介	―	墨書、色紙	二七・二×二四・二	『綺羅』第六号（二〇〇七年八月）参照	個人蔵
第三章　窓明かり―数学と文学が支えた活動の足跡						
南縁	久泉共三	一九二八年	印刷・紙、絵葉書	九・一×一四・一	絵葉書面印字「春陽會　第六回展覧會作品　南縁　久泉共三」	個人蔵
（花）	久泉迪雄	一九三三年四月四日	鉛筆・クレヨン・紙	一四・九×二九・五	幼少時の絵画	個人蔵
寶の國　第二十九号	富山市星井町尋常高等小学校編・発行	一九三八年七月二十三日	謄写版、一枚物	三一・五×二三・三	久泉迪雄「行水」所載	個人蔵
學級文集 十一月号 第六學年第十七學級	久泉迪雄他	一九三九年	インク・鉛筆、冊子	二一・五×一五・〇	久泉迪雄「晩秋」所載	個人蔵
寶の國　第三十七号	富山市星井町尋常高等小学校編・発行	一九三九年十二月廿三日	謄写版、一枚物	三一・五×二三・三	久泉迪雄「晩秋」所載	個人蔵

戦果	久泉迪雄	一九四一年十二月八日〜一九四三年四月十三日	インク、ノート	一九・八×一五・九	大本営発表筆録。前後は授業ノート	個人蔵
日誌 No.7	久泉迪雄	一九四四年七月二十八日〜十二月八日	インク、ノート	二〇・九×一五・二		個人蔵
雪	中谷宇吉郎著 久泉迪雄筆写	一九四四年十二月二十日写	鉛筆、ノート	二三・〇×一七・〇	中谷宇吉郎『雪』（岩波新書）の筆写本	個人蔵
日記 昭和二十年度	久泉迪雄	一九四五年一月一日〜九月三日	インク・鉛筆、ノート	二〇・九×一五・〇		個人蔵
化學班の思ひ出	久泉迪雄	一九四六年一月十八日付	鉛筆、レポート用紙	一六・〇×二三・三		個人蔵
緑地 第二号	久泉迪雄他	一九四七年六月十八日	印刷、冊子	二一・〇×一五・〇	清田秀博（発行人）、富中文芸部（発行所）。久泉迪雄「科学と人生」、詩「自然讃仰」他所載	個人蔵
蒼穹 第一輯	久泉迪雄編輯筆耕発行	一九四九年九月一日	鉛筆、冊子	二一・九×一七・〇	回覧誌	個人蔵
蒼穹 第二輯	久泉迪雄編輯筆耕発行	一九五〇年一月	鉛筆、冊子	二一・九×一七・〇	奥付なし。回覧誌	個人蔵
蒼穹 第三輯	久泉迪雄編輯筆耕発行	一九五〇年一月二十日	鉛筆、冊子	二三・五×一七・〇	回覧誌	個人蔵
蒼穹 第四輯	久泉迪雄編輯印刷発行	一九五〇年五月三日	謄写版、冊子	二三・二×一六・三		個人蔵
蒼穹 第五集	久泉迪雄編輯印刷発行	一九五〇年十一月三日	謄写版、冊子	二三・二×一六・五		個人蔵
蒼穹 第六号	久泉迪雄編輯印刷発行	一九五一年十一月十五日	謄写版、冊子	二三・一×一六・四		個人蔵
緑の影 蒼穹叢書第一編	久泉迪雄	一九五二年	謄写版、冊子	二一・〇×一六・〇	私家版。奥付なし	個人蔵
紫苑短歌 創刊号	清田秀博編輯・発行	一九五二年一月一日	印刷、冊子	二一・〇×一四・八	紫苑短歌会	個人蔵
紫苑 昭和廿七年小品集	久泉迪雄	一九五二年	インク、冊子	二四・二×一八・二	手稿本。自装	個人蔵
わかぎ 富山市奥田中学校三年四組文集二	富山市奥田中学校三年四組	一九五五年三月	謄写版、冊子	二七・〇×一八・五		個人蔵
歌集 夕映 蒼穹叢書第二編	久泉迪雄	一九五六年七月二十五日	謄写版、冊子	一六・四×一一・九	私家版	個人蔵
云々 創刊号	云々の会編	一九五七年十二月十六日	謄写版、冊子	二四・五×一七・九	云々の会（富山市立奥田中学校内）	個人蔵
圖面の読み方 技術講習会テキスト	久泉迪雄他	一九五九年	謄写版、冊子	二六・一×一八・五	富山県工業教育振興会	個人蔵
干渉計光学系統図	久泉迪雄	―	ＯＨＰシート	三〇・九×二五・八	自作教材	個人蔵
随筆集 文化えとせとら 蒼穹叢書第三編	久泉迪雄	一九六二年二月二十五日	謄写版、冊子	一七・三×一二・〇	私家版	個人蔵
時の流れに 私歌集 第五冊	久泉迪雄	一九八二年一月二日	インク、原稿用紙	二六・一×一八・五	手稿本。自装	個人蔵
久泉迪雄宛官製葉書「啓「塔映」批評号」	木村捨録	一九九〇年九月十六日付	インク・紙	一四・九×一〇・一		個人蔵
黙ふかく昨日のわれの坐し居むか思惟に遠退く椅子一つあり	久泉迪雄	―	墨書、短冊	三六・四×六・一	『塔映』（角川書店、一九九〇年）所収歌	個人蔵
第四十四回泉鏡花記念金沢市民文学賞賞状	泉鏡花記念金沢市民文学賞選考委員会 金沢市長 山野之義	二〇一六年十一月五日	墨書・紙	二五・九×三六・六	『季をわたる』の業績による受賞	個人蔵
第四十四回泉鏡花記念金沢市民文学賞正賞	金沢市	二〇一六年十一月五日	金属、八稜鏡	直径約一四・〇		個人蔵

・このほかに、書籍、雑誌、写真などを展示します。　・出品作品・資料は変更になることがあります。

企画展関連イベント

記念講演

「富山の文化の受容力
　―久泉迪雄の仕事を契機として（仮称）」

講　師　鈴木 忠志 氏（演出家、劇団SCOT主宰）
聞き手　杉田 欣次 氏（隠し文学館花ざかりの森館長）
二月二十一日（日）十四時～十五時半
高志の国文学館研修室一〇一

朗読と音楽の集い

「久泉迪雄エッセイ集『窓明かり』（桂書房）他より」

朗　読　谷井 美夫 氏（劇団「文芸座」俳優）
演　奏　戸島 園恵 氏（ピアノ）
三月十四日（日）十四時～十五時
高志の国文学館ライブラリーコーナー

文芸サロン

「久泉迪雄の作歌活動の軌跡
　―久泉迪雄歌集『塔映』（角川書店）より」

話題提供者　米田 憲三 氏
主　催　日本ペンクラブ 富山の会
共　催　高志の国文学館
三月二十一日（日）十三時半～十五時半
高志の国文学館研修室一〇一

久泉迪雄インタビュー映像上映会

「人との出会いを大切に」
（高志の国文学館、二〇二〇年）

二月十三日（土）、三月七日（日）、三月二十日（土）
十四時～十四時半
高志の国文学館研修室一〇一

謝辞

企画展の開催および本書の作成にあたり、多くの方々や組織・団体などのご協力、ご指導を賜りました。

また、ここに記せなかった多くの方々からご協力を賜りました。心より深謝申し上げます。（敬称略）

久泉　迪雄
北日本新聞社
富山テレビ放送
一般社団法人
　富山県芸術文化協会
学校法人
　富山国際職藝学園
高岡市美術館
富山県歌人連盟
富山県美術館

青柳　雛
浅野　朝子
池田　瑛子
稲葉　實
今井　亜理
岩倉　高子
上田　洋一
生方　美智子

大岡　かね子
大島　麻美
大谷　栄子
大坪　俊樹
岡崎　忍
岡部　杉介
奥野　寿峰
加賀谷　武
加藤　淳
加藤　正芳
金守　嘉子
彼谷　利彬
河北　芳明
木俣　册
窪田　新一
黒瀬　珂瀾
小泉　博
齋藤　賢次
齋藤　宣彦
佐伯　泰樹
篠　弘

杉田　欣次
杉野　秀樹
鈴木　忠志
須田　満
髙木　繁雄
谷井　美夫
玉城　入野
津山　玄亮
鶴木　由美子
戸島　園恵
中川　モモコ
中川　陽介
長崎　莫人
長澤　癸行
中坪　達哉
西村　美濤
野上　玉生
橋本　整子
花山　多佳子
馬場　あき子
林　清納

原　夏郎
平井　信一
廣瀬　裕一
舟本　幸人
前田　貴子
前田　かな子
松倉　千尋
松永　真
宮　布由樹
武川　直樹
棟方　良
村上　隆
森野　美邦
八尾　正人
結城　晋太郎
横山　豊介
吉田　泉
米田　憲三

桂書房
KADOKAWA
株式会社シー・エー・ピー
株式会社すがの印刷
株式会社日本ビジュアル著作権協会
公益財団法人翁久允財団
公益社団法人日本文藝家協会
嵯峨美術大学
シロタ画廊
南砺市福野文化創造センター
南砺市立福光美術館
能登印刷出版部
白山市立松任中川一政記念美術館
美術評論家連盟
松村外次郎記念庄川美術館
ミュゼ浜口陽三・ヤマサコレクション

久泉迪雄《ひさいずみみちお》の書斎《しょさい》から
——"悠《はる》かなり 富山《とやま》の文化《ぶんか》"

二〇二一年二月六日　初版発行

定価　一、六〇〇円＋税

編集　高志の国文学館
〒九三〇－〇〇九五
富山市舟橋南町二－二二
電話　〇七六－四三一－五四九二

発行者　勝山敏一

発行所　桂　書　房
〒九三〇－〇一〇三
富山市北代三六八三－一一
電話　〇七六－四三四－四六〇〇

印刷所　株式会社 すがの印刷

ISBN978-4-86627-099-9